GASTON LEROUX

LE FANTÔME DE L'OPÉRA

★

ERIK

Prix :
3 fr. **50**

SOCIÉTÉ D'ÉDITIONS ET DE PUBLICATIONS
— 75, rue Caveau, PARIS (XIVᵉ) —

LE FANTÔME DE L'OPÉRA

*

ERIK

C'était une étrange et blême et fantastique figure que celle du Fantôme de l'Opéra.

Le Fantôme de l'Opéra. — 1.

GASTON LEROUX

LE
FANTÔME de l'OPÉRA

ROMAN

abondamment illustré par les photographies
de l'UNIVERSAL FILM

★

ERIK

SOCIÉTÉ D'ÉDITIONS ET DE PUBLICATIONS
75, Rue Dareau, PARIS (XIVᵉ)

LE FANTÔME DE L'OPÉRA

AVANT-PROPOS

OU L'AUTEUR DE CE SINGULIER OUVRAGE RACONTE AU LECTEUR COMMENT
IL FUT CONDUIT A ACQUÉRIR LA CERTITUDE QUE LE FANTÔME DE L'OPÉRA
A RÉELLEMENT EXISTÉ.

Le Fantôme de l'Opéra a existé. Ce ne fut point, comme on l'a cru longtemps, une inspiration d'artistes, une superstition de directeurs, la création falote des cervelles excitées de ces demoiselles du corps de ballet, de leurs mères, des ouvreuses, des employés du vestiaire et de la concierge.

Oui, il a existé, en chair et en os, bien qu'il se donnât toutes les apparences d'un vrai fantôme, c'est-à-dire d'une ombre.

J'avais été frappé, dès l'abord que je commençai de compulser les archives de l'Académie nationale de musique, par la coïncidence surprenante des phénomènes attribués au *fantôme*, et du plus mystérieux, du plus fantastique des drames et je devais bientôt être conduit à cette idée que l'on pourrait peut-être rationnellement expliquer celui-ci par celui-là. Les événements ne datent guère que d'une trentaine d'années et il ne serait point difficile de trouver encore aujourd'hui, au foyer même de la danse, des vieillards fort respectables, dont on ne saurait mettre la parole en doute, qui se souviennent, comme si la chose datait d'hier, des conditions mystérieuses et tragiques qui accompagnèrent l'enlèvement de Christine Daaé, la disparition du vicomte de Chagny et la mort de son frère aîné le comte Philippe, dont le corps fut trouvé sur la berge du lac qui s'étend dans les dessous de l'Opéra, du côté de la rue Scribe. Mais aucun de ces témoins n'avait cru jusqu'à ce jour devoir mêler à cette affreuse aventure le personnage plutôt légendaire du fantôme de l'Opéra.

La vérité fut lente à pénétrer mon esprit troublé par une enquête qui se heurtait à chaque instant à des événements qu'à première vue on pouvait juger extraterrestres, et, plus d'une fois, je fus tout près d'abandonner une besogne où je m'exténuais à poursuivre — sans la saisir jamais — une vaine image. Enfin, j'eus la preuve que mes pressentiments ne m'avaient point trompé et je fus récompensé de tous mes efforts le jour où j'acquis la certitude que le fantôme de l'Opéra avait été plus qu'une ombre.

Ce jour-là, j'avais passé de longues heures en compagnie des *Mémoires d'un Directeur*, œuvre légère de ce trop sceptique Moncharmin qui ne comprit rien, pendant son passage à l'Opéra, à la conduite ténébreuse du fantôme, et qui s'en gaussa tant qu'il put, dans le moment même qu'il était la première victime de la curieuse opération financière qui se passait à l'intérieur de « l'enveloppe magique ».

Désespéré, je venais de quitter la bibliothèque quand je rencontrai le charmant administrateur de notre Académie nationale, qui bavardait sur un palier avec un petit vieillard vif et coquet, auquel il me présenta allégrement. M. l'administrateur était au courant de mes recherches et savait avec quelle impatience j'avais en vain tenté de découvrir la retraite du juge d'instruction de la fameuse affaire Chagny, M. Faure. On ne savait ce qu'il était devenu, mort ou vivant ; et voilà que, de retour du Canada, où il venait de passer quinze ans, sa première démarche à Paris avait été pour venir chercher un fauteuil de faveur au secrétariat de l'Opéra. Ce petit vieillard était M. Faure lui-même.

Nous passâmes une bonne partie de la soirée ensemble et il me raconta toute l'affaire Chagny telle qu'il l'avait comprise jadis. Il avait dû conclure, faute de preuves, à la folie du vicomte et à la mort accidentelle du frère aîné, mais il restait persuadé qu'un drame terrible s'était passé entre les deux frères à propos de Christine Daaé. Il ne sut me dire ce qu'était devenue Christine, ni le vicomte. Bien entendu, quand je lui parlai de fantôme, il ne fit qu'en rire. Lui aussi avait été mis au courant des singulières manifestations qui semblaient alors attester l'existence d'un être exceptionnel ayant élu domicile dans un des coins les plus mystérieux de l'Opéra et il avait connu l'histoire de « l'enveloppe », mais il n'avait vu dans tout cela rien qui pût retenir l'attention d'un magistrat chargé d'instruire l'affaire Chagny, et c'est tout juste s'il avait écouté quelques instants la déposition d'un témoin qui s'était spontanément présenté pour affirmer qu'il avait eu l'occasion de rencontrer le fantôme. Ce personnage — le témoin — n'était autre que celui que le Tout-Paris appelait « le Persan » et qui était bien connu de tous les abonnés de l'Opéra. Le juge l'avait pris pour un illuminé.

Vous pensez si je fus prodigieusement intéressé par cette histoire de Persan. Je voulus retrouver, s'il en était temps encore, ce précieux et original témoin. Ma bonne fortune reprenant le dessus, je parvins à le découvrir dans son petit appartement de la rue de Rivoli, qu'il n'avait point quitté depuis l'époque et où il allait mourir cinq mois après ma visite.

Tout d'abord, je me méfiai ; mais quand le Persan m'eut raconté, avec une candeur d'enfant, tout ce qu'il savait personnellement du fantôme et qu'il m'eut remis en toute propriété les preuves de son existence et surtout l'étrange correspondance de Christine Daaé, correspondance qui éclairait d'un jour si éblouissant son effrayant destin, il ne me fut plus possible de douter ! Non ! non ! Le fantôme n'était pas un mythe !

Je sais bien que l'on m'a répondu que toute cette correspondance n'était peut-être point authentique et qu'elle pouvait avoir été fabriquée de toutes pièces par un homme, dont l'imagination avait été certainement nourrie des contes les plus séduisants, mais il m'a été possible, heureusement, de trouver de l'écriture de Christine en dehors du fameux paquet de lettres et, par conséquent, de me livrer à une étude comparative qui a levé toutes mes hésitations.

Je me suis également documenté sur le Persan et ainsi j'ai apprécié en lui un honnête homme incapable d'inventer une machination qui eût pu égarer la justice.

C'est l'avis du reste des plus grandes personnalités qui ont été mêlées de près ou de loin à l'affaire Chagny, qui ont été les amis de la famille et auxquelles j'ai exposé tous mes documents et devant lesquelles j'ai déroulé toutes mes déductions. J'ai reçu de ce côté les plus nobles encouragements et je me permettrai de reproduire à ce sujet quelques lignes qui m'ont été adressées par le général D...

« Monsieur,

« Je ne saurais trop vous inciter à publier les résultats de votre enquête. Je me rappelle parfaitement que, quelques semaines avant la disparition de la grande cantatrice Christine Daaé et le drame qui a mis en deuil tout le faubourg Saint-Germain, on parlait beaucoup, au foyer de la danse, du *fantôme*, et je crois bien que l'on n'a cessé de s'en entretenir qu'à la suite de cette affaire qui occupait tous les esprits ; mais, s'il est possible, comme je le pense, après vous avoir entendu, d'expliquer le drame par le fantôme, je vous en prie, monsieur, reparlez-nous du fantôme. Si mystérieux que celui-ci puisse tout d'abord apparaître, il sera toujours plus explicable que cette sombre histoire où des gens malintentionnés ont voulu voir se déchirer jusqu'à la mort deux frères qui s'adorèrent toute leur vie...

« Croyez bien, etc... »

Enfin, mon dossier en mains, j'avais parcouru le vaste domaine du fantôme, le formidable monument dont il avait fait son empire, et tout ce que mes yeux avaient vu, tout ce que mon esprit avait découvert, corroborait admirablement les documents du Persan, quand une trouvaille merveilleuse vint couronner d'une façon définitive mes travaux.

On se rappelle que dernièrement, en creusant le sous-sol de l'Opéra, pour y enterrer les voix phonographiées des artistes, le pic des ouvriers a mis à nu un cadavre ; or, j'ai eu tout de suite la preuve que ce cadavre était celui du Fantôme de l'Opéra ! J'ai fait toucher cette preuve, de la main, à l'administrateur lui-même, et maintenant, il m'est indifférent que les journaux racontent qu'on a trouvé là une victime de la Commune.

Les malheureux qui ont été massacrés, lors de la Commune, dans les caves de l'Opéra, ne sont point enterrés de ce côté ; je dirai où l'on peut retrouver leurs squelettes, bien loin de cette crypte immense où l'on avait accumulé, pendant le siège, toutes sortes de provisions de bouche. J'ai été mis sur cette trace en recherchant justement les restes du fantôme de l'Opéra, que je n'aurais pas retrouvés sans ce hasard inouï de l'ensevelissement des voix vivantes !

Mais nous reparlerons de ce cadavre et de ce qu'il convient d'en faire ; maintenant, il importe de terminer ce très nécessaire avant-propos en remerciant les trop modestes comparses qui, tel M. le commissaire de police Mifroid (jadis appelé aux premières constatations lors de la disparition de Christine Daaé), tels encore M. l'ancien secrétaire Rémy, M. l'ancien administrateur Mercier, M. l'ancien chef de chant Gabriel, et plus particulièrement Mme la baronne de Castelot-Barbezac, qui fut autrefois « la petite Meg » (et qui n'en rougit pas), la plus charmante étoile de notre admirable corps de ballet, la fille aînée de l'honorable Mme Giry, — ancienne ouvreuse décédée de la loge du Fantôme, — me furent du plus utile secours et grâce auxquels je vais pouvoir, avec le lecteur, revivre, dans leurs plus petits détails, ces heures de pur amour et d'effroi (1).

(1) Je serais un ingrat si je ne remerciais également sur le seuil de cette effroyable et véridique histoire la direction actuelle de l'Opéra, qui s'est prêtée si aimablement à toutes mes investigations, et en particulier M. Messager ; aussi le très sympathique administrateur M. Gabion et le très aimable architecte attaché à la bonne conservation du monument, qui n'a point hésité à me prêter les ouvrages de Charles Garnier, bien qu'il fût à peu près sûr que je ne les lui rendrais point. Enfin, il me reste à reconnaître publiquement la générosité de mon ami et ancien collaborateur M. J.-L. Croze, qui m'a permis de puiser dans son admirable bibliothèque théâtrale et de lui emprunter des éditions uniques auxquelles il tenait beaucoup. — G. L.

PREMIÈRE PARTIE

ERIK

I

EST-CE LE FANTÔME ?

Ce soir-là, qui était celui où MM. Debienne et Poligny, les directeurs démissionnaires de l'Opéra, donnaient leur dernière soirée de gala, à l'occasion de leur départ, la loge de la Sorelli, un des premiers sujets de la danse, était subitement envahie par une demi-douzaine de ces demoiselles du corps de ballet qui remontaient de scène après avoir « dansé » *Polyeucte*. Elles s'y précipitèrent dans une grande confusion, les unes faisant entendre des rires excessifs et peu naturels, et les autres des cris de terreur.

La Sorelli, qui désirait être seule un instant pour « repasser » le compliment qu'elle devait prononcer tout à l'heure au foyer devant MM. Debienne et Poligny, avait vu avec méchante humeur toute cette foule étourdie se ruer derrière elle. Elle se retourna vers ses camarades et s'inquiéta d'un aussi tumultueux émoi. Ce fut la petite Jammes — le nez cher à Grévin, des yeux de myosotis, des joues de roses, une gorge de lis, — qui en donna la raison en trois mots, d'une voix tremblante qu'étouffait l'angoisse :

— C'est le fantôme !

Et elle ferma la porte à clef. La loge de la Sorelli était d'une élégance officielle et banale. Une psyché, un divan, une toilette et des armoires en formaient le mobilier nécessaire.

Quelques gravures sur les murs, souvenirs de la mère, qui avait connu les beaux jours de l'ancien Opéra de la rue Le Peletier. Des portraits de Vestris, de Gardel, de Dupont, de Bigottini. Cette loge paraissait un palais aux gamines du corps de ballet, qui étaient logées dans des chambres communes, où elles passaient leur temps à chanter, à se disputer, à battre les coiffeurs et les habilleuses et à se payer des petits verres de cassis ou de bière, ou même de rhum jusqu'au coup de cloche de l'avertisseur.

La Sorelli était très superstitieuse. En entendant la petite Jammes parler du fantôme, elle frissonna et dit :

« Petite bête ! »

Et comme elle était la première à croire aux fantômes en général et à celui de l'Opéra en particulier, elle voulut tout de suite être renseignée.

« Vous l'avez vu ? interrogea-t-elle.

— Comme je vous vois ! répliqua en gémissant la petite Jammes, qui, ne tenant plus sur ses jambes, se laissa tomber sur une chaise.

Et aussitôt la petite Giry — des yeux pruneau, des cheveux d'encre, un teint de bistre, sa pauvre petite peau collée sur ses petits os — ajouta :

« Si c'est lui, il est bien laid !

— Oh ! oui, fit le chœur des danseuses. »

Et elles parlèrent toutes ensemble. Le fantôme leur était apparu sous les espèces d'un monsieur en habit noir qui s'était dressé tout à coup devant elles, dans le couloir, sans qu'on pût savoir d'où il venait. Son apparition avait été si subite qu'on eût pu croire qu'il sortait de la muraille.

« Bah ! fit l'une d'elles qui avait à peu près conservé son sang-froid, vous voyez le fantôme partout. »

Et c'est vrai que, depuis quelques mois, il n'était question à l'Opéra que de ce fantôme en habit noir qui se promenait comme une ombre du haut en bas du bâtiment, qui n'adressait la parole à personne, à qui personne n'osait parler et qui s'évanouissait, du reste, aussitôt qu'on l'avait vu, sans qu'on pût savoir par où ni comment. Il ne faisait pas de bruit en marchant, ainsi qu'il sied à un vrai fantôme. On avait commencé par en rire et par se moquer de ce revenant habillé comme un homme du monde ou comme un croque-mort, mais la légende du fantôme avait bientôt pris des proportions colossales dans le corps de ballet. Toutes prétendaient avoir rencontré plus ou moins cet être extranaturel et avoir été victimes de ses maléfices. Et celles qui en riaient le plus fort n'étaient point les plus rassurées. Quand il ne se laissait point voir, il signalait sa présence ou son passage par des événements drolatiques ou funestes dont la superstition quasi générale le rendait responsable Avait-on à déplorer un accident, une camarade avait-elle fait une niche à l'une de ces demoiselles du corps de ballet, une houppette à poudre de riz était-elle perdue ? Tout était de la faute du fantôme, du fantôme de l'Opéra.

Au fond, qui l'avait vu ? On peut rencontrer tant d'habits noirs, à l'Opéra, qui ne sont pas des fantômes. Mais celui-là avait une spécialité que n'ont point tous les habits noirs. Il habillait un squelette.

Du moins, ces demoiselles le disaient.

Et il avait, naturellement, une tête de mort.

Tout cela était-il sérieux ? La vérité est que l'imagination du squelette était née de la description qu'avait faite du fantôme Joseph Buquet, chef machiniste, qui l'avait réellement vu. Il s'était heurté — on ne saurait dire « nez à nez », car le fantôme n'en avait pas, — avec le mystérieux personnage dans le petit escalier qui, près de la rampe, descend directement aux « dessous ». Il avait eu le temps de l'apercevoir une seconde — car le fantôme s'était enfui —

et avait conservé un souvenir ineffaçable de cette vision.

Et voici ce que Joseph Buquet a dit du fantôme à qui voulait l'entendre :

« Il est d'une prodigieuse maigreur et son habit noir flotte sur une charpente squelettique. Ses yeux sont si profonds qu'on ne distingue pas bien les prunelles immobiles. On ne voit, en somme, que deux grands trous noirs comme aux crânes des morts. Sa peau, qui est tendue sur l'ossature comme une peau de tambour, n'est point blanche, mais vilainement jaune ; son nez est si peu de chose qu'il est invisible de profil, et *l'absence* de ce nez est une chose horrible *à voir*. Trois ou quatre longues mèches brunes sur le front et derrière les oreilles font office de chevelure. »

En vain, Joseph Buquet avait-il poursuivi cette étrange apparition. Elle avait disparu comme par magie et il n'avait pu retrouver sa trace.

Ce chef machiniste était un homme sérieux, rangé, d'une imagination lente, et il était sobre. Sa parole fut écoutée avec stupeur et intérêt, et aussitôt il se trouva des gens pour raconter qu'eux aussi avaient rencontré un habit noir avec une tête de mort.

Les personnes sensées qui eurent vent de cette histoire affirmèrent d'abord que Joseph Buquet avait été victime d'une plaisanterie d'un de ses subordonnés. Et puis, il se produisit coup sur coup des incidents si curieux et si inexplicables que les plus malins commencèrent à se tourmenter.

Un lieutenant de pompiers, c'est brave ! Ça ne craint rien, ça ne craint surtout pas le feu !

Eh bien ! le lieutenant de pompiers en question (1), qui s'en était allé faire un tour de surveillance dans les dessous et qui s'était aventuré, paraît-il, un peu plus loin que de coutume, était soudain réapparu sur le plateau, pâle, effaré, tremblant, les yeux hors des orbites, et s'était quasi évanoui dans les bras de la noble mère de la petite Jammes. Et pourquoi ? Parce qu'il avait vu s'avancer vers lui, *à hauteur de tête, mais sans corps, une tête*

____

(1) Je tiens l'anecdote, très authentique également, de M. Pedro Gailhard lui-même, ancien directeur de l'Opéra.

de feu ! Et je le répète, un lieutenant de pompiers, ça ne craint pas le feu.

Ce lieutenant de pompiers s'appelait Papin.

Le corps de ballet fut consterné. D'abord, cette tête de feu ne répondait nullement à la description qu'avait donnée du fantôme Joseph Buquet. On questionna bien le pompier, on interrogea à nouveau le chef machiniste, à la suite de quoi ces demoiselles furent persuadées que le fantôme avait plusieurs têtes dont il changeait comme il voulait. Naturellement, elles imaginèrent aussitôt qu'elles couraient les plus grands dangers. Du moment qu'un lieutenant de pompiers n'hésitait pas à s'évanouir, coryphées et rats pouvaient invoquer bien des excuses à la terreur qui les faisait se sauver de toutes leurs petites pattes quand elles passaient devant quelque trou obscur d'un corridor mal éclairé.

Si bien que, pour protéger dans la mesure du possible le monument voué à d'aussi horribles maléfices, la Sorelli elle-même, entourée de toutes les danseuses et suivie même de toute la marmaille des petites classes en maillot, avait, — au lendemain de l'histoire du lieutenant de pompiers, — sur la table qui se trouve dans le vestibule du concierge, du côté de la cour de l'administration, déposé un fer à cheval que quiconque pénétrant dans l'Opéra, à un autre titre que celui de spectateur, devait toucher avant de mettre le pied sur la première marche de l'escalier. Et cela sous peine de devenir la proie de la puissance occulte qui s'était emparée du bâtiment, des caves au grenier.

Ce fer à cheval, comme toute cette histoire, du reste, — hélas ! — je ne l'ai point inventé, et l'on peut encore aujourd'hui le voir sur la table du vestibule, devant la loge du concierge, quand on entre dans l'Opéra par la cour de l'administration.

Voilà qui donne assez rapidement un aperçu de l'état d'âme de ces demoiselles, le soir où nous pénétrons avec elles dans la loge de la Sorelli.

« C'est le fantôme ! » s'était donc écriée la petite Jammes.

Et l'inquiétude des danseuses n'avait fait que grandir. Maintenant, un angoissant silence régnait dans la loge. On n'entendait plus que le bruit des respirations haletantes. Enfin, Jam-

mes, s'étant jetée avec les marques d'un sincère effroi jusque dans le coin le plus reculé de la muraille, murmura ce seul mot :

« Ecoutez ! »

Il semblait, en effet, à tout le monde qu'un frôlement se faisait entendre derrière la porte. Aucun bruit de pas. On eût dit d'une soie légère qui glissait sur le panneau. Puis, plus rien. La Sorelli tenta de se montrer moins pusillanime que ses compagnes. Elle s'avança vers la porte et demanda d'une voix blanche :

« Qui est là ? »

Mais personne ne lui répondit.

Alors, sentant sur elle tous les yeux qui épiaient ses moindres gestes, elle se força à être brave et dit très fort :

« Il y a quelqu'un derrière la porte ?

— Oh ! oui ! Oui ! certainement, il y a quelqu'un derrière la porte répéta ce petit pruneau sec de Meg Giry, qui retint héroïquement la Sorelli par sa jupe de gaze... Surtout, n'ouvrez pas ! Mon Dieu ! n'ouvrez pas ! »

Mais la Sorelli, armée d'un stylet qui ne la quittait jamais, osa tourner la clef dans la serrure, et ouvrir la porte, pendant que les danseuses reculaient jusque dans le cabinet de toilette et que Meg Giry soupirait :

« Maman ! maman ! »

La Sorelli regarda dans le couloir, courageusement. Il était désert ; un papillon de feu, dans sa prison de verre, jetait une lueur rouge et louche au sein des ténèbres ambiantes, sans parvenir à les dissiper. Et la danseuse referma vivement la porte avec un gros soupir.

« Non, dit-elle, il n'y a personne !

— Et pourtant, nous l'avons bien vu ! affirma encore Jammes en reprenant à petits pas craintifs sa place auprès de la Sorelli. Il doit être quelque part, par là, à rôder. Moi, je ne retourne point m'habiller. Nous devrions descendre toutes au foyer, ensemble, tout de suite, pour le « compliment », et nous remonterions ensemble. »

Là-dessus, l'enfant toucha pieusement le petit doigt de corail qui était destiné à la conjurer du mauvais sort. Et la Sorelli dessina, à la dérobée, du bout de l'ongle rose de son pouce droit, une croix de Saint-André sur la bague en bois qui cerclait l'annulaire de sa main gauche.

« La Sorelli, a écrit un chroniqueur célèbre, est une danseuse grande, belle, au visage grave et voluptueux, à la taille aussi souple qu'une branche de saule ; on dit communément d'elle que c'est « une belle créature ». Ses cheveux blonds et purs comme l'or couronnent un front mat au-dessous duquel s'enchâssent ses yeux d'émeraude. Sa tête se balance mollement comme une aigrette sur un cou long, élégant et fier. Quand elle danse, elle a un certain mouvement de hanches indescriptible, qui donne à tout son corps un frissonnement d'ineffable langueur. Quand elle lève les bras et se penche pour commencer une pirouette, accusant ainsi tout le dessin du corsage, et que l'inclinaison du corps fait saillir la hanche de cette délicieuse femme, il paraît que c'est un tableau à se brûler la cervelle. »

En fait de cervelle, il paraît avéré qu'elle n'en eut guère. On ne le lui reprochait point.

Elle dit encore aux petites danseuses :

« Mes enfants, il faut vous « remettre » ! Le fantôme ? Personne ne l'a peut-être jamais vu !

— Si ! si ! Nous l'avons vu !... nous l'avons vu tout à l'heure ! reprirent les petites. Il avait la tête de mort et son habit, comme le soir où il est apparu à Joseph Buquet !

— Et Gabriel aussi l'a vu ! fit Jammes... pas plus tard qu'hier ! hier après-midi... en plein jour...

— Gabriel, le maître de chant ?

— Mais oui... Comment ! vous ne savez pas ça ?

— Et il avait son habit, en plein jour ?

— Qui ça, Gabriel ?

— Mais non ! Le fantôme !

— Bien sûr, qu'il avait son habit ! affirma Jammes. C'est Gabriel lui-même qui me l'a dit. C'est même à ça qu'il l'a reconnu. Et voici comment ça s'est passé : Gabriel se trouvait dans le bureau du régisseur. Tout à coup, la porte s'est ouverte. C'était le Persan qui entrait. Vous savez si le Persan a le « mauvais œil ».

— Oh ! oui ! répondirent en chœur les petites danseuses qui, aussitôt qu'elles eurent évoqué l'image du Persan, firent des cornes au Destin avec leur index et leur auriculaire allongés, cependant que le médium et l'annulaire étaient repliés sur la paume et retenus par le pouce.

— ... Et si Gabriel est superstitieux ! continua Jammes, cependant qu'il est toujours poli et quand il voit le Persan, il se contente de mettre tranquillement sa main dans sa poche et de toucher ses clefs... Eh bien ! aussitôt que la porte s'est ouverte devant le Persan, Gabriel ne fit qu'un bond du fauteuil où il était assis jusqu'à la serrure de l'armoire, pour toucher du fer ! Dans ce mouvement, il déchira à un clou tout un pan de son paletot. En se pressant pour sortir, il alla donner du front contre une patère et se fit une bosse énorme ; puis, en reculant brusquement, il s'écorcha le bras au paravent, près du piano ; il voulut s'appuyer au piano, mais si malheureusement que le couvercle lui retomba sur les mains et lui écrasa les doigts ; il bondit comme un fou hors du bureau et enfin prit si mal son temps en descendant l'escalier qu'il dégringola sur les reins toutes les marches du premier étage. Je passais justement à ce moment-là avec maman. Nous nous sommes précipitées pour le relever. Il était tout meurtri et avait du sang plein la figure, que ça nous en faisait peur. Mais tout de suite, il s'est mis à nous sourire et à s'écrier : « Merci, mon Dieu ! d'en être quitte pour si peu ! » Alors, nous l'avons interrogé et il nous a raconté toute sa peur. Elle lui était venue de ce qu'il avait aperçu, derrière le Persan, le *fantôme ! le fantôme avec la tête de mort, comme l'a décrit Joseph Buquet.* »

Un murmure effaré salua la fin de cette histoire au bout de laquelle Jammes arriva tout essoufflée, tant elle l'avait narrée vite, vite, comme si elle était poursuivie par le fantôme. Et puis, il y eut encore un silence qu'interrompit, à mi-voix, la petite Giry, pendant que, très émue, la Sorelli se polissait les ongles.

« Joseph Buquet ferait mieux de se taire, énonça le pruneau.

— Pourquoi donc qu'il se tairait ? lui demanda-t-on.

— C'est l'avis de m'man... répliqua Meg, tout à fait à voix basse, cette fois-ci, et en regardant autour d'elle comme si elle avait peur d'être entendue d'autres oreilles que de celles qui se trouvaient là.

— Et pourquoi que c'est l'avis de ta mère ?

— Chut ! M'man dit que le fantôme n'aime pas qu'on l'ennuie !

— Et pourquoi qu'elle dit ça, ta mère ?

— Parce que... Parce que... rien... »

Cette réticence savante eut le don d'exaspérer la curiosité de ces demoiselles, qui se pressèrent autour de la petite Giry et la supplièrent de s'expliquer. Elles étaient là, coude à coude, penchées dans un même mouvement de prière et d'effroi. Elles se communiquaient leur peur, y prenant un plaisir aigu qui les glaçait.

« J'ai juré de ne rien dire ! » fit encore Meg, dans un souffle.

Mais elles ne lui laissèrent point de repos et elles promirent si bien le secret que Meg, qui brûlait du désir de raconter ce qu'elle savait, commença, les yeux fixés sur la porte :

« Voilà... c'est à cause de la loge...

— Quelle loge ?

— La loge du fantôme !

— Le fantôme a une loge ? »

A cette idée que le fantôme avait sa loge, les danseuses ne purent contenir la joie funeste de leur stupéfaction. Elles poussèrent de petits soupirs. Elles dirent :

« Oh ! mon Dieu ! raconte... raconte...

— Plus bas ! commanda Meg. C'est la première loge, numéro 5, vous savez bien, la première loge à côté de l'avant-scène de gauche.

— Pas possible !

— C'est comme je vous le dis... C'est m'man qui en est l'ouvreuse... Mais vous me jurez bien de ne rien raconter ?

— Mais oui, va !...

— Eh bien ! c'est la loge du fantôme... Personne n'y est venu depuis plus d'un mois, excepté le fantôme, bien entendu, et on a donné l'ordre à l'administration de ne plus jamais la louer...

— Et c'est vrai que le fantôme y vient ?

— Mais oui...

— Il y vient donc quelqu'un ?

— Mais non !... *Le fantôme y vient et il n'y a personne.* »

Les petites danseuses se regardèrent. Si le fantôme venait dans la loge, on devait le voir, puisqu'il avait un habit noir et une tête de mort. C'est ce qu'elles firent comprendre à Meg, mais celle-ci leur répliqua :

« Justement ! On ne le voit pas, le fantôme ! Et il n'a ni habit ni tête !... Tout ce qu'on a raconté sur sa tête de mort et sur sa tête de feu, c'est des blagues ! Il n'a rien du tout... On l'entend seulement quand il est dans la loge. M'man ne l'a jamais vu, mais elle l'a entendu. M'man le sait bien, puisque c'est elle qui lui donne le programme ! »

La Sorelli crut devoir intervenir :

« Petite Giry, tu te moques de nous. »

Alors, la petite Giry se prit à pleurer.

« J'aurais mieux fait de me taire... si m'man savait jamais ça !... mais pour sûr que Joseph Buquet a tort de s'occuper de choses qui ne le regardent pas... ça lui portera malheur... m'man le disait encore hier soir... »

A ce moment, on entendit des pas puissants et pressés dans le couloir et une voix essoufflée qui criait :

« Cécile ! Cécile ! es-tu là ?

— C'est la voix de maman ! fit Jammes. Qu'y a-t-il ? »

Et elle ouvrit la porte. Une honorable dame, taillée comme un grenadier poméranien, s'engouffra dans la loge et se laissa tomber, en gémissant, dans un fauteuil. Ses yeux roulaient, affolés, éclairant lugubrement sa face de brique cuite.

« Quel malheur ! fit-elle !... Quel malheur !

— Quoi ? quoi ?

— Joseph Buquet...

— Eh bien ? Joseph Buquet...

— Joseph Buquet est mort ! »

La loge s'emplit d'exclamations, de protestations étonnées, de demandes d'explications effarées...

« Oui... on vient de le trouver pendu dans le troisième dessous !... *Mais le plus terrible,* continua, haletante, la pauvre honorable dame, *le plus terrible est que les machinistes, qui ont trouvé son corps, prétendent que l'on entendait autour du cadavre comme un bruit qui ressemblait au chant des morts !*

— C'est le fantôme ! » laissa échapper, comme malgré elle la petite Giry.

Mais elle se reprit immédiatement, ses poings à la bouche :

« Non !... non !... je n'ai rien dit !... je n'ai rien dit !... »

Autour d'elle, toutes ses compagnes, terrorisées, répétaient à voix basse :

« Pour sûr ! C'est le fantôme !... »

La Sorelli était pâle...

« Jamais je ne pourrai dire mon compliment, fit-elle.

La maman de Jammes donna son avis en vi-
dant un petit verre de liqueur qui traînait sur
une table : il devait y avoir du fantôme là-
dessous...

La vérité est qu'on n'a jamais bien su comment était mort Joseph Buquet. L'enquête, som-
maire, ne donna aucun résultat, en dehors du
suicide naturel. Dans les *Mémoires d'un Directeur*, M. Moncharmin, qui était l'un des deux
directeurs, succédant à MM. Debienne et Poligny, rapporte ainsi l'incident du pendu :

« Un fâcheux incident vint troubler la petite
fête que MM. Debienne et Poligny se donnaient
pour célébrer leur départ. J'étais dans le bureau de la Direction, quand je vis entrer tout
à coup Mercier — l'administrateur. — Il était
affolé en m'apprenant qu'on venait de découvrir, pendu dans le troisième dessous de la
scène, entre une ferme et un décor du *Roi de
Lahore*, le corps d'un machiniste. Je m'écriai :
Allons le décrocher ! Le temps que je mis à
dégringoler l'escalier et à descendre l'échelle
du portant, le pendu n'avait déjà plus sa
corde ! »

Voilà donc un événement que M. Moncharmin trouve naturel. Un homme est pendu au
bout d'une corde, on va le décrocher, la corde
a disparu. Oh ! M. Moncharmin a trouvé une
explication bien simple. Ecoutez-le : *C'était
l'heure de la danse, et coryphées et rats avaient
bien vite pris leurs précautions contre le mauvais œil*. Un point, c'est tout. Vous voyez d'ici
le corps de ballet descendant l'échelle du portant et se partageant la corde de pendu en
moins de temps qu'il ne faut pour l'écrire. Ce
n'est pas sérieux. Quand je songe, au contraire, à l'endroit exact où le corps a été
retrouvé — dans le troisième dessous de la
scène — j'imagine qu'il pouvait y avoir *quelque part* un intérêt à ce que cette corde dis-
parût après qu'elle eut fait sa besogne et nous
verrons plus tard si j'ai tort d'avoir cette ima-
gination-là.

La sinistre nouvelle s'était vite répandue du
haut en bas de l'Opéra, où Joseph Buquet était
très aimé. Les loges se vidèrent, et les petites
danseuses, groupées autour de la Sorelli
comme des moutons peureux autour du pâtre,

prirent le chemin du foyer, à travers les corridors et les escaliers mal éclairés, trottinant
de toute la hâte de leurs petites pattes roses.

II

LA MARGUERITE NOUVELLE

Au premier palier, la Sorelli se heurta au
comte de Chagny, qui montait. Le comte, ordinairement si calme, montrait une grande exaltation.

« J'allais chez vous, fit le comte en saluant la
jeune femme de façon fort galante. Ah ! Sorelli,
quelle belle soirée ! Et Christine Daaé : quel
triomphe !

— Pas possible ! protesta Meg Giry. Il y a
six mois, elle chantait comme un clou ! Mais
laissez-nous passer, *mon cher comte*, fit la ga-
mine avec une révérence mutine, nous allons
aux nouvelles d'un pauvre homme que l'on a
trouvé pendu. »

A ce moment passait, affairé, l'administrateur, qui s'arrêta brusquement en entendant le
propos.

« Comment ! vous savez déjà cela, mesdemoiselles ? fit-il d'un ton assez rude... Eh bien !
n'en parlez point... et surtout que MM. Debienne et Poligny n'en soient pas informés ! ça
leur ferait trop de peine pour leur dernier
jour. »

Tout le monde s'en fut vers le foyer de la
danse, qui était déjà envahi.

Le comte de Chagny avait raison ; jamais
gala ne fut comparable à celui-ci ; les privilé-
giés qui y assistèrent en parlent encore à leurs
enfants et petits-enfants avec un souvenir ému.
Songez donc que Gounod, Reyer, Saint-Saëns,
Massenet, Guiraud, Delibes montèrent à tour
de rôle au pupitre du chef d'orchestre et diri-
gèrent eux-mêmes l'exécution de leurs œuvres.
Ils eurent, entre autres interprètes, Faure et la
Krauss, et c'est ce soir-là que se révéla au
Tout-Paris, stupéfait et enivré, cette Christine
Daaé, dont je veux, dans cet ouvrage, faire
connaître le mystérieux destin.

Gounod avait fait exécuter *La marche funèbre d'une Marionnette ;* Reyer, sa belle ouverture de *Sigurd ;* Saint-Saëns, *La Danse maca-*

bre et une *Rêverie orientale* ; Massenet, une *Marche hongroise inédite* . Guiraud, son *Carnaval* ; Delibes, *La valse lente de Sylvia* et les *pizzicati* de *Coppélia*. Mlles Krauss et Denise Bloch avaient chanté : la première, le boléro des *Vêpres siciliennes* ; la seconde, le brindisi de *Lucrèce Borgia*.

Mais tout le triomphe avait été pour Christine Daaé, qui s'était fait entendre d'abord dans quelques passages de *Roméo et Juliette*. C'était la première fois que la jeune artiste chantait cette œuvre de Gounod, qui, du reste, n'avait pas encore été transportée à l'Opéra et que l'Opéra-Comique venait de reprendre longtemps après qu'elle eut été créée à l'ancien Théâtre-Lyrique par Mme Carvalho. Ah ! il faut plaindre ceux qui n'ont point entendu Christine Daaé dans ce rôle de Juliette, qui n'ont point connu sa grâce naïve, qui n'ont point tressailli aux accents de sa voix séraphique, qui n'ont point senti s'envoler leur âme avec son âme au-dessus des tombeaux des amants de Vérone : « *Seigneur ! Seigneur ! Seigneur ! pardonnez-nous !* »

Eh bien, tout cela n'était encore rien à côté des accents surhumains qu'elle fit entendre dans l'acte de la prison et le trio final de *Faust*, qu'elle chanta en remplacement de la Carlotta, indisposée. On n'avait jamais entendu, jamais vu ça ! Ça, c'était « la Marguerite nouvelle » que révélait la Daaé, une Marguerite d'une splendeur, d'un rayonnement encore insoupçonnés.

La salle, tout entière, avait salué des mille clameurs de son inénarrable émoi Christine qui sanglotait et qui défaillait entre les bras de ses camarades. On dut la transporter dans sa loge. Elle semblait avoir rendu l'âme. Le grand critique P. de Saint-V... fixa le souvenir inoubliable de cette minute merveilleuse, dans une chronique qu'il intitula justement *La Marguerite nouvelle*. Comme un grand artiste qu'il était, il découvrait simplement que cette belle et douce enfant avait apporté ce soir-là, sur les planches de l'Opéra, un peu plus que son art, c'est-à-dire son cœur. Aucun des amis de l'Opéra n'ignorait que le cœur de Christine était resté pur comme à quinze ans, et P. de Saint-V... déclarait « que, pour comprendre ce qui venait d'arriver à Daaé, *il était dans la nécessité d'imaginer qu'elle venait d'aimer*

pour la première fois ! » Je suis peut-être indiscret, ajoutait-il, mais l'amour seul est capable d'accomplir un pareil miracle, une aussi foudroyante transformation. Nous avons entendu, il y a deux ans, Christine Daaé dans son concours du Conservatoire, et elle nous avait donné un espoir charmant. *D'où vient le sublime d'aujourd'hui ? S'il ne descend point du ciel sur les ailes de l'amour, il me faudra penser qu'il monte de l'enfer et que Christine, comme le maître chanteur Ofterdingen, a passé un pacte avec le Diable !* Qui n'a pas entendu Christine chanter le trio final de *Faust* ne connaît pas *Faust* : l'exaltation de la voix et l'ivresse sacrée d'une âme pure ne sauraient aller au delà ! »

Cependant, quelques abonnés protestaient. Comment avait-on pu leur dissimuler si longtemps un pareil trésor ? Christine Daaé avait été jusqu'alors un Siebel convenable auprès de cette Marguerite un peu trop splendidement matérielle qu'était la Carlotta. Et il avait fallu l'absence incompréhensible et inexcusable de la Carlotta, à cette soirée de gala, pour qu'au pied levé la petite Daaé pût donner toute sa mesure dans une partie du programme réservée à la diva espagnole ! Enfin, comment, privés de Carlotta, MM. Debienne et Poligny s'étaient-ils adressés à la Daaé ? Ils connaissaient donc son génie caché ? Et, s'ils le connaissaient, pourquoi le cachaient-ils ? Et elle, pourquoi le cachait-elle ? Chose bizarre, on ne lui connaissait point de professeur actuel. Elle avait déclaré à plusieurs reprises que, désormais, elle travaillerait toute seule. Tout cela était bien inexplicable.

Le comte de Chagny avait assisté, debout dans sa loge, à ce délire et s'y était mêlé par ses bravos éclatants.

Le comte de Chagny (Philippe-Georges-Marie) avait alors exactement quarante et un ans. C'était un grand seigneur et un bel homme. D'une taille au-dessus de la moyenne, d'un visage agréable, malgré le front dur et des yeux un peu froids, il était d'une politesse raffinée avec les femmes et un peu hautain avec les hommes, qui ne lui pardonnaient pas toujours ses succès dans le monde. Il avait un cœur excellent et une honnête conscience. Par la mort du vieux comte Philibert, il était devenu le chef d'une des plus illustres et des plus antiques familles de France, dont les quartiers de noblesse remontaient à Louis le Hutin. La fortune des Chagny était considérable, et quand le vieux comte, qui était veuf, mourut, ce ne fut point une mince besogne pour Philippe, que celle qu'il dut accepter de gérer un aussi lourd patrimoine. Ses deux sœurs et son frère Raoul ne voulurent point entendre parler de partage, et ils restèrent dans l'indivision, s'en remettant de tout à Philippe, comme si le droit d'aînesse n'avait point cessé d'exister. Quand les deux sœurs se marièrent, — le jour même, — elles reprirent leurs parts des mains de leur frère, non point comme une chose leur appartenant, mais comme une dot dont elles lui exprimèrent leur reconnaissance.

La comtesse de Chagny — née de Mocrogis de la Martynière — était morte en donnant le jour à Raoul, né vingt ans après son frère aîné. Quand le vieux comte était mort, Raoul avait douze ans. Philippe s'occupa activement de l'éducation de l'enfant. Il fut admirablement secondé dans cette tâche par ses sœurs d'abord et puis par une vieille tante, veuve de soldat, qui habitait Rennes et qui donna au jeune Raoul le goût du métier de toute une lignée célèbre dans les fastes militaires de la France. Il entra à Saint-Cyr, en sortit dans les premiers numéros et choisit son arme : les hussards ; mais, las bientôt de la caserne et du mess, il avait demandé à permuter. Et, grâce à de puissants appuis, il semblait devoir être désigné pour faire partie de l'état-major d'une mission dangereuse qui allait s'enfoncer dans l'Est africain, tenter de joindre, par le plus audacieux exploit, les deux océans. En attendant qu'il fût statué sur son sort, il restait dans son arme et jouissait d'un long congé qui ne devait prendre fin que dans six mois. Les douairières du noble faubourg, en voyant cet enfant joli, qui paraissait si fragile, le plaignaient déjà des rudes travaux qui l'attendaient.

La timidité du jeune homme, je serais presque tenté de dire son innocence, était remarquable. Il semblait être sorti la veille de la main des femmes. De fait, choyé par ses deux sœurs et par sa vieille tante, il avait gardé de cette éducation purement féminine des manières presque candides, empreintes d'un charme que rien, jusqu'alors, n'avait pu ternir. A cette époque, il avait un peu plus de vingt et un ans et en paraissait dix-huit. Il avait une petite moustache blonde, de beaux yeux bleus et un teint de fille.

Philippe gâtait beaucoup Raoul. D'abord, il en était très fier et prévoyait avec joie une carrière glorieuse pour son cadet. Il profitait du congé de son frère pour lui montrer Paris, que celui-ci ignorait à peu près dans ce qu'il peut offrir de joie luxueuse et de plaisir artistique.

Le comte estimait qu'à l'âge de Raoul trop de sagesse n'est plus tout à fait sage. C'était un caractère fort bien équilibré, que celui de Philippe, pondéré dans ses travaux, comme dans ses plaisirs, toujours d'une tenue parfaite, incapable de montrer à son frère un méchant exemple. Il l'emmena partout avec lui, il lui fit même connaître le foyer de la danse. Je sais bien que l'on racontait que le comte était du « dernier bien » avec la Sorelli. Mais quoi ! pouvait-on faire un crime à ce gentilhomme, resté célibataire, et qui, par conséquent, avait bien des loisirs devant lui, surtout depuis que ses sœurs étaient établies, de venir passer une heure ou deux, après son dîner, dans la compagnie d'une danseuse qui, évidemment, n'était point très, très spirituelle, mais qui avait les plus jolis yeux du monde ? Et puis, il y a des endroits où un vrai Parisien, quand il tient le rang du comte de Chagny, doit se montrer, et, à cette époque, le foyer de la danse de l'Opéra était un de ces endroits-là.

Enfin, peut-être Philippe n'eût-il pas conduit son frère dans les coulisses de l'Académie nationale de musique, si celui-ci n'avait été le premier, à plusieurs reprises, à le lui demander avec une douce obstination dont le comte devait se souvenir plus tard.

Philippe, après avoir applaudi ce soir-là la Daaé, s'était tourné du côté de Raoul, et l'avait vu si pâle qu'il en avait été effrayé.

« Vous ne voyez donc point, avait dit Raoul, que cette femme se trouve mal ? »

En effet, sur la scène, on devait soutenir Christine Daaé.

« C'est toi qui vas défaillir... fit le comte en se penchant vers Raoul. Qu'as-tu donc ? »

Mais Raoul était debout.

« Allons ! dit-il, la voix frémissante.

— Où veux-tu aller, Raoul ? interrogea le comte, étonné de l'émotion dans laquelle il trouvait son cadet.

— Mais allons voir ! C'est la première fois qu'elle chante comme ça ! »

Le comte fixa curieusement son frère et un léger sourire vint s'inscrire au coin de sa lèvre amusée.

« Bah !... »

Et il ajouta de suite :

« Allons ! allons ! »

Il avait l'air enchanté.

Ils furent bientôt à l'entrée des abonnés, qui était fort encombrée. En attendant qu'il pût pénétrer sur la scène, Raoul déchirait ses gants d'un geste inconscient. Philippe, qui était bon, ne se moqua point de son impatience. Mais il était renseigné. Il savait maintenant pourquoi Raoul était distrait quand il lui parlait et aussi pourquoi il semblait prendre un si vif plaisir à ramener tous les sujets de conversation sur l'Opéra.

Ils pénétrèrent sur le plateau.

Une foule d'habits noirs se pressaient vers le foyer de la danse ou se dirigeaient vers les loges des artistes. Aux cris des machinistes se mêlaient les allocutions véhémentes des chefs de service. Les figurants du dernier tableau qui s'en vont, les « marcheuses » qui vous bousculent, un portant qui passe, une toile de fond qui descend du cintre, un praticable qu'on assujettit à grands coups de marteau, l'éternel « place au théâtre » qui retentit à vos oreilles comme la menace de quelque catastrophe nouvelle pour votre huit-reflets ou d'un renfoncement solide pour vos reins, tel est l'événement habituel des entr'actes qui ne manque jamais de troubler un novice comme le jeune homme à la petite moustache blonde, aux yeux bleus et au teint de fille qui traversait, aussi vite que l'encombrement le lui permettait, cette scène sur laquelle Christine Daaé venait de triompher et sous laquelle Joseph Buquet venait de mourir.

Ce soir-là, la confusion n'avait jamais été plus complète, mais Raoul n'avait jamais été moins timide. Il écartait d'une épaule solide tout ce qui lui faisait obstacle, ne s'occupant point de ce qui se disait autour de lui, n'essayant point de comprendre les propos effarés des machinistes. Il était uniquement préoccupé du désir de voir celle dont la voix magique lui avait arraché le cœur. Oui, il sentait bien que son pauvre cœur tout neuf ne lui appartenait plus.

Il avait bien essayé de le défendre depuis le jour où Christine, qu'il avait connue toute petite, lui était réapparue. Il avait ressenti en face d'elle une émotion très douce qu'il avait voulu chasser, à la réflexion, car il s'était juré, tant il avait le respect de lui-même et de sa foi, de n'aimer que celle qui serait sa femme, et il ne pouvait, une seconde, naturellement, songer à épouser une chanteuse ; mais voilà qu'à l'émotion très douce avait succédé une sensation atroce. Sensation ? Sentiment ? Il y avait là dedans du physique et du moral. Sa poitrine lui faisait mal, comme si on la lui avait ouverte pour lui prendre le cœur. Il sentait là un creux affreux, un vide réel qui ne pourrait jamais plus être rempli que par le cœur de l'autre ! Ce sont là des événements d'une psychologie particulière qui, paraît-il, ne peuvent être compris que de ceux qui ont été frappés, par l'amour, de ce coup étrange appelé, dans le langage courant, « coup de foudre ».

Le comte Philippe avait peine à le suivre. Il continuait de sourire.

Au fond de la scène, passé la double porte qui s'ouvre sur les degrés qui conduisent au foyer et sur ceux qui mènent aux loges de gauche du rez-de-chaussée, Raoul dut s'arrêter devant la petite troupe de rats qui, descendus à l'instant de leur grenier, encombraient le passage dans lequel il voulait s'engager. Plus d'un mot plaisant lui fut décoché par de petites lèvres fardées auxquelles il ne répondit point ; enfin, il put passer et s'enfonça dans l'ombre d'un corridor tout bruyant des exclamations que faisaient entendre d'enthousiastes admirateurs. Un nom couvrait toutes les rumeurs : Daaé ! Daaé ! Le comte, derrière Raoul, se disait : « Le coquin connaît le chemin », et il se demandait comment il l'avait appris. Jamais il n'avait conduit lui-même Raoul chez Christine. Il faut croire que celui-ci y était allé tout seul pendant que le comte restait à l'ordinaire à bavarder au foyer avec la Sorelli, qui le priait souvent de demeurer près d'elle jusqu'au moment où elle entrait en scène, et qui avait parfois cette manie tyrannique de lui donner à garder les petites guêtres avec lesquelles elle descendait de sa loge et dont elle garantissait le lustre de ses souliers de satin et la netteté de son maillot chair. La Sorelli avait une excuse : elle avait perdu sa mère.

Le comte, remettant à quelques minutes la visite qu'il devait à la Sorelli, suivait donc la galerie qui conduisait chez la Daaé, et constatait que ce corridor n'avait jamais été aussi fréquenté que ce soir, où tout le théâtre semblait bouleversé du succès de l'artiste et aussi de son évanouissement. Car la belle enfant n'avait pas encore repris connaissance, et on était allé chercher le docteur du théâtre, qui arriva sur ces entrefaites, bousculant les groupes et suivi de près par Raoul, qui lui marchait sur les talons.

Ainsi, le médecin et l'amoureux se trouvèrent dans le même moment aux côtés de Christine, qui reçut les premiers soins de l'un et ouvrit les yeux dans les bras de l'autre. Le comte était resté, avec beaucoup d'autres, sur le seuil de la porte devant laquelle on s'étouffait.

« Ne trouvez-vous point, docteur, que ces messieurs devraient « dégager » un peu la loge ? demanda Raoul avec une incroyable audace. On ne peut plus respirer ici.

— Mais vous avez parfaitement raison, » acquiesça le docteur, et il mit tout le monde à la porte, à l'exception de Raoul et de la femme de chambre.

Celle-ci regardait Raoul avec des yeux agrandis par le plus sincère ahurissement. Elle ne l'avait jamais vu.

Elle n'osa pas toutefois le questionner.

Et le docteur s'imagina que si le jeune homme agissait ainsi, c'était évidemment parce qu'il en avait le droit. Si bien que le vicomte resta dans cette loge à contempler Daaé renaissant à la vie, pendant que les deux directeurs, MM. Debienne et Poligny eux-mêmes, qui étaient venus pour exprimer leur admiration à leur pensionnaire, étaient refoulés dans le couloir, avec des habits noirs. Le comte de Chagny, rejeté comme les autres dans le corridor, riait aux éclats.

« Ah ! le coquin ! Ah ! le coquin ! »

Et il ajoutait, *in petto :*

— Fiez-vous donc à ces jouvenceaux qui prennent des airs de petites filles !

Il était radieux. Il conclut : « C'est un Chagny ! » et il se dirigea vers la loge de la Sorelli ; mais celle-ci descendait au foyer avec son petit troupeau tremblant de peur, et le comte la rencontra en chemin, comme il a été dit.

Dans la loge, Christine Daaé avait poussé un profond soupir auquel avait répondu un gémissement. Elle tourna la tête et vit Raoul et tressaillit. Elle regarda le docteur auquel elle sourit, puis sa femme de chambre, puis encore Raoul.

« Monsieur ! demanda-t-elle à ce dernier, d'une voix qui n'était encore qu'un souffle... qui êtes-vous ?

— Mademoiselle, répondit le jeune homme qui mit un genou en terre et déposa un ardent baiser sur la main de la diva, mademoiselle, *je suis le petit enfant qui est allé ramasser votre écharpe dans la mer.* »

Christine regarda encore le docteur et la femme de chambre et tous trois se mirent à rire. Raoul se releva très rouge.

« Mademoiselle, puisqu'il vous plaît de ne point me reconnaître, je voudrais vous dire quelque chose en particulier, quelque chose de très important.

— Quand j'irai mieux, monsieur, voulez-vous ? — et sa voix tremblait. — Vous êtes très gentil...

— Mais il faut vous en aller... ajouta le docteur avec son plus aimable sourire. Laissez-moi soigner Mademoiselle.

— Je ne suis pas malade, » fit tout à coup Christine avec une énergie aussi étrange qu'inattendue.

Et elle se leva en se passant d'un geste rapide une main sur les paupières.

« Je vous remercie, docteur !... J'ai besoin de rester seule... Allez-vous-en tous ! je vous en prie... laissez-moi... Je suis très nerveuse ce soir...

Le médecin voulut faire entendre quelques protestations, mais devant l'agitation de la jeune femme, il estima que le meilleur remède à un pareil état consistait à ne point la contrarier. Et il s'en alla avec Raoul, qui se trouva

Joseph Buquet faisait la description du fantôme, tel qu'il l'avait réellement vu.

Le fantôme était, tout à coup, apparu aux danseuses, sous les espèces d'un monsieur en habit noir.

II.

Coryphées et rats étaient accourus, terrorisés, répétant à voix basse : « Pour sûr, c'est le fantôme ! »

dans le couloir, très-désemparé. Le docteur lui dit :

« Je ne la reconnais plus ce soir... elle, ordinairement si douce... »

Et il le quitta.

Raoul restait seul. Toute cette partie du théâtre était déserte maintenant. On devait procéder à la cérémonie d'adieux, au foyer de la danse. Raoul pensa que la Daaé s'y rendrait peut-être et il attendit dans la solitude et le silence. Il se dissimula même dans l'ombre propice d'un coin de porte. Il avait toujours cette affreuse douleur à la place du cœur. Et c'était de cela qu'il voulait parler à la Daaé, sans retard. Soudain la loge s'ouvrit et il vit la soubrette qui s'en allait toute seule, emportant des paquets. Il l'arrêta au passage et lui demanda des nouvelles de sa maîtresse. Elle lui répondit en riant que celle-ci allait tout à fait bien, mais qu'il ne fallait pas la déranger parce qu'elle désirait rester seule. Et elle se sauva. Une idée traversa la cervelle embrasée de Raoul : Evidemment la Daaé voulait rester seule *pour lui !*... Ne lui avait-il point dit qu'il désirait l'entretenir particulièrement et n'était-ce point là la raison pour laquelle elle avait fait le vide autour d'elle ? Respirant à peine, il se rapprocha de sa loge et l'oreille penchée contre la porte pour entendre ce qu'on allait lui répondre, et il se disposa à frapper. Mais sa main retomba. Il venait de percevoir, dans la loge, *une voix d'homme*, qui disait sur une intonation singulièrement autoritaire :

« Christine, il faut m'aimer ! »

Et la voix de Christine, douloureuse, que l'on devinait accompagnée de larmes, une voix tremblante, répondait :

« Comment pouvez-vous me dire cela ? *Moi qui ne chante que pour vous !* »

Raoul s'appuya au panneau, tant il souffrait. Son cœur, qu'il croyait parti pour toujours, était revenu dans sa poitrine et lui donnait des coups retentissants. Tout le couloir en résonnait et les oreilles de Raoul en étaient comme assourdies. Sûrement, si son cœur continuait à faire autant de tapage, on allait l'entendre, on allait ouvrir la porte et le jeune homme serait honteusement chassé. Quelle position pour un Chagny ! Ecouter derrière une porte ! Il prit son cœur à deux mains pour le faire taire. Mais un cœur n'est point la gueule d'un chien, et même quand on tient la gueule d'un chien à deux mains, — un chien qui aboie insupportablement, on l'entend gronder toujours.

La voix d'homme reprit :

« Vous devez être bien fatiguée ?

— Oh ! ce soir, je vous ai donné mon âme et je suis morte.

— Ton âme est bien belle, mon enfant, reprit la voix grave d'homme et je te remercie. Il n'y a point d'empereur qui ait reçu un pareil cadeau ! *Les anges ont pleuré ce soir.* »

Après ces mots : *les anges ont pleuré ce soir*, le vicomte n'entendit plus rien.

Cependant, il ne s'en alla point, mais comme il craignait d'être surpris, il se rejeta dans son coin d'ombre, décidé à attendre là que l'homme quittât la loge. A la même heure il venait d'apprendre l'amour et la haine. Il savait qu'il aimait. Il voulait connaître qui il haïssait. A sa grande stupéfaction la porte s'ouvrit, et Christine Daaé, enveloppée de fourrures et la figure cachée sous une dentelle, sortit seule. Elle referma la porte, mais Raoul observa qu'elle ne la refermait point à clef. Elle passa. Il ne la suivit même point des yeux, car ses yeux étaient sur la porte qui ne se rouvrait pas. Alors, le couloir étant à nouveau désert, il le traversa. Il ouvrit la porte de la loge et la referma aussitôt derrière lui. Il se trouvait dans la plus opaque obscurité. On avait éteint le gaz.

« Il y a quelqu'un ici ! fit Raoul d'une voix vibrante. Pourquoi se cache-t-il ? »

Et ce disant, il s'appuyait toujours du dos à la porte close.

La nuit et le silence. Raoul n'entendait que le bruit de sa propre respiration. Il ne se rendait certainement point compte que l'indiscrétion de sa conduite dépassait tout ce que l'on pouvait imaginer.

« Vous ne sortirez d'ici que lorsque je le permettrai ! s'écria le jeune homme. Si vous ne répondez pas, vous êtes un lâche ! Mais je saurai bien vous démasquer ! »

Et il fit craquer une allumette. La flamme éclaira la loge. Il n'y avait personne dans la loge ! Raoul, après avoir pris soin de fermer la porte à clef, alluma les globes, les lampes. Il pénétra dans le cabinet de toilette, ouvrit les armoires, chercha, tâta de ses mains moites les murs. Rien !

« Ah çà ! dit-il tout haut, est-ce que je deviens fou ? »

Il resta ainsi dix minutes, à écouter le sifflement du gaz dans la paix de cette loge abandonnée ; amoureux il ne songea même point à dérober un ruban qui lui eût apporté le parfum de celle qu'il aimait. Il sortit, ne sachant plus ce qu'il faisait ni où il allait. A un moment de son incohérente déambulation, un air glacé vint le frapper au visage. Il se trouvait au bas d'un étroit escalier que descendait, derrière lui, un cortège d'ouvriers penchés sur une espèce de brancard que recouvrait un linge blanc.

« La sortie, s'il vous plaît ! » fit-il à l'un de ces hommes.

— Vous voyez bien ! en face de vous, lui fut-il répondu. La porte est ouverte. Mais laissez-nous passer.

Il demanda machinalement en montrant le brancard :

« Qu'est-ce que c'est que ça ? »

L'ouvrier répondit :

« Ça, c'est Joseph Buquet que l'on a trouvé pendu dans le troisième dessous, entre un portant et un décor du *Roi de Lahore*. »

Il s'effaça devant le cortège, salua et sortit.

III

OU, POUR LA PREMIÈRE FOIS, MM. DEBIENNE ET POLIGNY DONNENT, EN SECRET, AUX NOUVEAUX DIRECTEURS DE L'OPÉRA, MM. ARMAND MONCHARMIN ET FIRMIN RICHARD, LA VÉRITABLE ET MYSTÉRIEUSE RAISON DE LEUR DÉPART DE L'ACADÉMIE NATIONALE DE MUSIQUE.

Pendant ce temps avait lieu la cérémonie des adieux.

J'ai dit que cette fête magnifique avait été donnée, à l'occasion de leur départ de l'Opéra, par MM. Debienne et Poligny qui avaient voulu mourir comme nous disons aujourd'hui : en beauté.

Ils avaient été aidés dans la réalisation de ce programme idéal et funèbre, par tout ce qui comptait à Paris dans la société et dans les arts.

Tout ce monde s'était donné rendez-vous au foyer de la danse, où la Sorelli attendait, une coupe de champagne à la main et un petit discours préparé au bout de la langue, les directeurs démissionnaires. Derrière elle, ses jeunes et vieilles camarades du corps de ballet se pressaient, les unes s'entretenant à voix basse des événements du jour, les autres adressant discrètement des signes d'intelligence à leurs amis, dont la foule bavarde entourait déjà le buffet, qui avait été dressé sur le plancher en pente, entre la *danse guerrière* et la *danse champêtre* de M. Boulenger.

Quelques danseuses avaient déjà revêtu leurs toilettes de ville ; la plupart avaient encore leur jupe de gaze légère ; mais toutes avaient cru devoir prendre des figures de circonstance. Seule, la petite Jammes dont les quinze printemps semblaient déjà avoir oublié dans leur insouciance — heureux âge — le fantôme et la mort de Joseph Buquet, n'arrêtait point de caqueter, babiller, sautiller, faire des niches, si bien que, MM. Debienne et Poligny apparaissant sur les marches du foyer de la danse, elle fut rappelée sévèrement à l'ordre par la Sorelli, impatiente.

Tout le monde remarqua que MM. les directeurs démissionnaires avaient l'air gai, ce qui, en province, n'eût paru naturel à personne, mais ce qui, à Paris, fut trouvé de fort bon goût. Celui-là ne sera jamais Parisien qui n'aura point appris à mettre un masque de joie sur ses douleurs et le « loup » de la tristesse, de l'ennui ou de l'indifférence sur son intime allégresse. Vous savez qu'un de vos amis est dans la peine, n'essayez point de le consoler ; il vous dira qu'il l'est déjà ; mais s'il lui est arrivé quelque événement heureux, gardez-vous de l'en féliciter ; il trouve sa bonne fortune si naturelle qu'il s'étonnera qu'on lui en parle. A Paris, on est toujours au bal masqué et ce n'est point au foyer de la danse que des personnages aussi « avertis » que MM. Debienne et Poligny eussent commis la faute de montrer leur chagrin qui était réel. Et ils souriaient déjà trop à la Sorelli, qui commençait à débiter son compliment quand une exclamation de cette petite folle de Jammes vint briser le sourire de

MM. les directeurs d'une façon si brutale que la figure de désolation et d'effroi qui était dessous, apparut aux yeux de tous :

« Le fantôme de l'Opéra ! »

Jammes avait jeté cette phrase sur un ton d'indicible terreur et son doigt désignait dans la foule des habits noirs un visage si blème, si lugubre et si laid, avec les trous noirs des arcades sourcillières si profonds, que cette tête de mort ainsi désignée remporta immédiatement un succès fou.

« Le fantôme de l'Opéra ! Le fantôme de l'Opéra ! »

Et l'on riait, et l'on se bousculait, et l'on voulait offrir à boire au fantôme de l'Opéra ; mais il avait disparu ! Il s'était glissé dans la foule et on le chercha en vain, cependant que deux vieux messieurs essayaient de calmer la petite Jammes et que la petite Giry poussait des cris de paon.

La Sorelli était furieuse ; elle n'avait pas pu achever son discours ; MM. Debienne et Poligny l'avaient embrassée, remerciée et s'étaient sauvés aussi rapides que le fantôme lui-même. Nul ne s'en étonna, car on savait qu'ils devaient subir la même cérémonie à l'étage supérieur, au foyer du chant, et qu'enfin leurs amis intimes seraient reçus une dernière fois par eux dans le grand vestibule du cabinet directorial, où un véritable souper les attendait.

Et c'est là que nous les retrouverons avec les nouveaux directeurs MM. Armand Moncharmin et Firmin Richard. Les premiers connaissaient à peine les seconds, mais ils se répandirent en grandes protestations d'amitié et ceux-ci leur répondirent par mille compliments ; de telle sorte que ceux des invités qui avaient redouté une soirée un peu maussade montrèrent immédiatement des mines réjouies. Le souper fut presque gai et l'occasion s'étant présentée de plusieurs toasts, M. le commissaire du gouvernement y fut si particulièrement habile, mêlant la gloire du passé aux succès de l'avenir, que la plus grande cordialité régna bientôt parmi les convives. La transmission des pouvoirs directoriaux s'était faite la veille, le plus simplement possible, et les questions qui restaient à régler entre l'ancienne et la nouvelle direction y avaient été résolues sous la présidence du commissaire du gouvernement dans un si

grand désir d'entente de part et d'autre, qu'en vérité on ne pouvait s'étonner, dans cette soirée mémorable, de trouver quatre visages de directeurs aussi souriants.

MM. Debienne et Poligny avaient déjà remis à MM. Armand Moncharmin et Firmin Richard les deux clefs minuscules, les passe-partout qui ouvraient toutes les portes de l'Académie nationale de musique, — plusieurs milliers. — Et prestement ces petites clefs, objet de la curiosité générale, passaient de mains en mains quand l'attention de quelques-uns fut détournée par la découverte qu'ils venaient de faire, au bout de la table, de cette étrange et blème et fantastique figure aux yeux caves qui était déjà apparue au foyer de la danse et qui avait été saluée par la petite Jammes de cette apostrophe : « le fantôme de l'Opéra ! »

Il était là, comme le plus naturel des convives, sauf qu'il ne mangeait ni ne buvait.

Ceux qui avaient commencé à le regarder en souriant, avaient fini par détourner la tête, tant cette vision portait immédiatement l'esprit aux pensers les plus funèbres. Nul ne recommença la plaisanterie du foyer, nul ne s'écria : « Voilà le fantôme de l'Opéra ! »

Il n'avait pas prononcé un mot, et ses voisins eux-mêmes n'eussent pu dire à quel moment précis il était venu s'asseoir là, mais chacun pensa que si les morts revenaient parfois s'asseoir à la table des vivants, ils ne pouvaient montrer de plus macabres visages. Les amis de MM. Firmin Richard et Armand Moncharmin crurent que ce convive décharné était un intime de MM. Debienne et Poligny, tandis que les amis de MM. Debienne et Poligny pensèrent que ce cadavre appartenait à la clientèle de MM. Richard et Moncharmin. De telle sorte qu'aucune demande d'explication, aucune réflexion déplaisante, aucune facétie de mauvais goût ne risqua de froisser cet hôte d'outre-tombe. Quelques convives qui étaient au courant de la légende du fantôme et qui connaissaient la description qu'en avait faite le chef machiniste, — ils ignoraient la mort de Joseph Buquet, — trouvaient *in petto* que l'homme du bout de la table aurait très bien pu passer pour la réalisation vivante du personnage créé, selon eux, par l'indécrottable superstition du personnel de l'Opéra ; et cependant, selon la légende, le fantôme n'avait pas de nez et ce personnage en avait un, mais M. Moncharmin affirme dans ses « mémoires » que le nez du convive était transparent, — son nez, dit-il, était long, fin et transparent, — et j'ajouterai que cela pouvait être un faux nez. M. Moncharmin a pu prendre pour de la transparence ce qui n'était que luisant. Tout le monde sait que la science fait d'admirables faux nez pour ceux qui en ont été privés par la nature ou par quelque opération. En réalité, le fantôme est-il venu s'asseoir, cette nuit-là, au banquet des directeurs sans y avoir été invité ? Et pouvons-nous être sûrs que cette figure était celle du fantôme de l'Opéra lui-même ? Qui oserait le dire ? Si je parle de cet incident ici, ce n'est point que je veuille une seconde faire croire ou tenter de faire croire au lecteur que le fantôme ait été capable d'une aussi superbe audace, mais parce qu'en somme la chose est très possible.

Et en voici, semble-t-il, une raison suffisante. M. Armand Moncharmin, toujours dans ses « mémoires », dit textuellement : — Chapitre XI. — « Quand je songe à cette première soirée, je ne puis séparer la confidence qui nous fut faite, dans leur cabinet, par MM. Debienne et Poligny de la présence à notre souper de ce *fantomatique* personnage que nul de nous ne connaissait. »

Voici exactement ce qui se passa :

MM. Debienne et Poligny, placés au milieu de la table, n'avaient pas encore aperçu l'homme à la tête de mort, quand celui-ci se mit tout à coup à parler.

« Les *rats* ont raison, dit-il. La mort de ce pauvre Buquet n'est peut-être point si naturelle qu'on le croit. »

Debienne et Poligny sursautèrent.

« Buquet est mort ? s'écrièrent-ils.

— Oui, répliqua tranquillement l'homme ou l'ombre d'homme... Il a été trouvé pendu, ce soir, dans le troisième dessous, entre une ferme et un décor du *Roi de Lahore.* »

Les deux directeurs, ou plutôt ex-directeurs, se levèrent aussitôt, en fixant étrangement leur interlocuteur. Ils étaient agités plus que de raison, c'est-à-dire plus qu'on a raison de l'être par l'annonce de la pendaison d'un chef machiniste. Ils se regardèrent tous deux. Ils étaient devenus plus pâles que la nappe. Enfin, Debienne fit signe à MM. Richard et Moncharmin : Poligny prononça quelques paroles d'excuse à l'adresse des convives, et tous quatre passèrent dans le bureau directorial. Je laisse la parole à M. Moncharmin.

« MM. Debienne et Poligny semblaient de plus en plus agités, raconte-t-il dans ses mémoires, et il nous parut qu'ils avaient quelque chose à nous dire qui les embarrassait fort. D'abord, ils nous demandèrent si nous connaissions l'invididu, assis au bout de la table, qui leur avait appris la mort de Joseph Buquet, et, sur notre réponse négative, ils se montrèrent encore plus troublés. Ils nous prirent les passe-partout des mains, les considérèrent un instant, hochèrent la tête, puis nous donnèrent le conseil de faire faire de nouvelles serrures, dans le plus grand secret, pour les appartements, cabinets et objets dont nous pouvions désirer la fermeture hermétique. Ils étaient si drôles en disant cela, que nous nous prîmes à rire en leur demandant s'il y avait des voleurs à l'Opéra ? Ils nous répondirent qu'il y avait quelque chose de pire qui était le *fantôme*. Nous recommençâmes à rire, persuadés qu'ils se livraient à quelque plaisanterie qui devait être comme le couronnement de cette petite fête intime. Et puis, sur leur prière, nous reprîmes notre « sérieux », décidés à entrer, pour leur faire plaisir, dans cette sorte de jeu. Ils nous dirent que jamais ils ne nous auraient parlé du fantôme, s'ils n'avaient reçu l'ordre formel du fantôme lui-même de nous engager à nous montrer aimables avec celui-ci et à lui accorder tout ce qu'il nous demanderait. Cependant, trop heureux de quitter un domaine où régnait en maîtresse cette ombre tyrannique et d'en être débarrassés du coup, ils avaient hésité jusqu'au dernier moment à nous faire part d'une aussi curieuse aventure à laquelle certainement nos esprits sceptiques n'étaient point préparés, quand l'annonce de la mort de Joseph Buquet leur avait brutalement rappelé que, chaque fois qu'ils n'avaient point obéi aux désirs du fantôme, quelqu'événement fantasque ou funeste avait vite fait de les ramener au sentiment de leur dépendance.

Pendant ces discours inattendus prononcés sur le ton de la confidence la plus secrète et la plus importante, je regardais Richard. Richard, au temps qu'il était étudiant, avait eu une réputation de farceur, c'est-à-dire qu'il n'ignorait aucune des mille et une manières que l'on a de se moquer les uns des autres, et les concierges du boulevard Saint-Michel en ont su quelque chose. Aussi semblait-il goûter fort le plat qu'on lui servait à son tour. Il n'en perdait pas une bouchée, bien que le condiment fût un peu macabre à cause de la mort de Buquet. Il hochait la tête avec tristesse, et sa mine, au fur et à mesure que les autres parlaient, devenait lamentable comme celle d'un homme qui regrettait amèrement cette affaire de l'Opéra maintenant qu'il apprenait qu'il y avait un fantôme dedans. Je ne pouvais faire mieux que de copier servilement cette attitude désespérée. Cependant, malgré tous nos efforts, nous ne pûmes, à la fin, nous empêcher de « pouffer » à la barbe de MM. Debienne et Poligny qui, nous voyant passer sans transition de l'état d'esprit le plus sombre à la gaîté la plus insolente, firent comme s'ils croyaient que nous étions devenus fous.

La farce se prolongeant un peu trop, Richard demanda, moitié figue moitié raisin : « Mais enfin qu'est-ce qu'il veut ce fantôme-là ? »

M. Poligny se dirigea vers son bureau et en revint avec une copie du cahier des charges.

Le cahier des charges commence par ces mots : « La direction de l'Opéra sera tenue de donner aux représentations de l'Académie nationale de musique la splendeur qui convient à la première scène lyrique française », et se termine par l'article 98 ainsi conçu :

« Le présent privilège pourra être retiré :

1° Si le directeur contrevient aux dispositions stipulées dans le cahier des charges. »

Suivent ces dispositions.

Cette copie, dit M. Moncharmin, était à l'encre noire et entièrement conforme à celle que nous possédions.

Cependant nous vîmes que le cahier des charges que nous soumettait M. Poligny comportait *in fine* un alinéa, écrit à l'encre rouge, — écriture bizarre et tourmentée, comme si elle eût été tracée à coups de bout d'allumettes, écriture d'enfant qui n'aurait pas cessé de faire des bâtons et qui ne saurait pas encore relier ses lettres. Et cet alinéa qui allongeait si étran-

gement l'article 98, — disait textuellement :

5° Si le directeur retarde de plus de quinze jours la mensualité qu'il doit au fantôme de l'Opéra, mensualité fixée jusqu'à nouvel ordre à 20.000 francs — 240.000 francs par an.

M. de Poligny, d'un doigt hésitant, nous montrait cette clause suprême, à laquelle nous ne nous attendions certainement pas.

« C'est tout ? *Il ne veut pas autre chose ?* demanda Richard avec le plus grand sang-froid.

— Si, répliqua Poligny. »

Et il feuilleta encore le cahier des charges et lut :

« ART. 63. — La grande avant-scène de droite des premières n° 1, sera réservée à toutes les représentations pour le chef de l'Etat.

La baignoire n° 20, le lundi, et la première loge n° 30, les mercredis et vendredis seront mises à la disposition du ministre.

La deuxième loge n° 27 sera réservée chaque jour pour l'usage des préfets de la Seine et de police. »

Et encore, en fin de cet article, M. Poligny nous montra une ligne à l'encre rouge qui y avait été ajoutée.

La première loge n° 5 sera mise à toutes les représentations à la disposition du fantôme de l'Opéra.

Sur ce dernier coup, nous ne pûmes que nous lever et serrer chaleureusement les mains de nos deux prédécesseurs en les félicitant d'avoir imaginé cette charmante plaisanterie, qui prouvait que la vieille gaîté française ne perdait jamais ses droits. Richard cru même devoir ajouter qu'il comprenait maintenant pourquoi MM. Debienne et Poligny quittaient la direction de l'Académie nationale de musique. Les affaires n'étaient plus possibles avec un fantôme aussi exigeant.

« Evidemment, répliqua sans sourciller M. Poligny : 240.000 francs ne se trouvent pas sous le fer d'un cheval. Et avez-vous compté ce que peut nous coûter la non-location de la première loge n° 5 réservée au fantôme à toutes les représentations ? Sans compter que nous avons été obligés d'en rembourser l'abonnement, c'est effrayant ! Vraiment, nous ne travaillons pas pour entretenir des fantômes !... Nous préférons nous en aller ! »

— Oui, répéta M. Debienne, nous préférons nous en aller ! Allons-nous-en ! »

Et il se leva.

Richard dit :

« Mais enfin, il me semble que vous êtes bien bons avec ce fantôme. Si j'avais un fantôme aussi gênant que ça, je n'hésiterais pas à le faire arrêter...

— Mais où ? Mais comment ? s'écrièrent-ils en chœur ; nous ne l'avons jamais vu !

— Mais quand il vient dans sa loge ?

— *Nous ne l'avons jamais vu dans sa loge.*

— *Alors, louez-la.*

— Louer la loge du fantôme de l'Opéra ! Eh bien ! messieurs, essayez ! »

Sur quoi nous sortîmes tous quatre du cabinet directorial. Richard et moi nous n'avions jamais « tant ri ».

IV

LA LOGE NUMÉRO 5

Armand Moncharmin a écrit de si volumineux mémoires qu'en ce qui concerne particulièrement la période assez longue de sa co-direction, on est en droit de se demander s'il trouva jamais le temps de s'occuper de l'Opéra autrement qu'en racontant ce qui s'y passait. M. Moncharmin ne connaissait pas une note de musique, mais il tutoyait le ministre de l'Instruction publique et des Beaux-Arts, avait fait un peu de journalisme sur le boulevard et jouissait d'une assez grosse fortune. Enfin, c'était une charmant garçon et qui ne manquait point d'intelligence puisque, décidé à commanditer l'Opéra, il avait su choisir celui qui en serait l'utile directeur et était allé tout droit à Firmin Richard.

Firmin Richard était un musicien distingué et un galant homme. Voici le portrait qu'en trace, au moment de sa prise de possession, la *Revue des théâtres* : « M. Firmin Richard est âgé de cinquante ans environ, de haute taille, de robuste encolure, sans embonpoint. Il a de la prestance et de la distinction, haut en couleur, les cheveux plantés drus, un peu bas et taillés en brosse, la barbe à l'unisson des cheveux, l'aspect de sa physionomie a quelque chose d'un peu triste que tempère aussitôt un regard franc et droit joint à un sourire charmant.

« M. Firmin Richard est un musicien très distingué. Harmoniste habile, contrepointiste savant, la grandeur est le principal caractère de sa composition. Il a publié de la musique de chambre très appréciée des amateurs, de la musique de piano, sonates ou pièces fugitives remplies d'originalité, un recueil de mélodies. Enfin, *La Mort d'Hercule,* exécutée aux concerts du Conservatoire, respire un souffle épique qui fait songer à Gluck, un des maîtres vénérés de M. Firmin Richard. Toutefois, s'il adore Gluck, il n'en aime pas moins Piccini ; M. Richard prend son plaisir où il le trouve. Plein d'admiration pour Piccini il s'incline devant Meyerbeer, il se délecte de Cimarosa et nul n'apprécie mieux que lui l'inimitable génie de Weber. Enfin, en ce qui concerne Wagner, M. Richard n'est pas loin de prétendre qu'il est, lui, Richard, le premier en France et peut-être le seul à l'avoir compris. »

J'arrête ici ma citation, d'où il me semble résulter assez clairement que si M. Firmin Richard aimait à peu près toute la musique et tous les musiciens, il était du devoir de tous musiciens d'aimer M. Firmin Richard. Disons en terminant ce rapide portrait que M. Richard était ce qu'on est convenu d'appeler un autoritaire, c'est-à-dire qu'il avait un fort mauvais caractère.

Les premiers jours que les deux associés passèrent à l'Opéra furent tout à la joie de se sentir les maîtres d'une aussi vaste et belle entreprise et ils avaient certainement oublié cette curieuse et bizarre histoire du fantôme, quand se produisit un incident qui leur prouva que — s'il y avait farce — la farce n'était point terminée.

M. Firmin Richard arriva ce matin-là à onze heures à son bureau. Son secrétaire, M. Rémy, lui montra une demi-douzaine de lettres qu'il n'avait point décachetées parce qu'elles portaient la mention « personnelle ». L'une de ces lettres attira tout de suite l'attention de Richard non seulement parce que la suscription de l'enveloppe était à l'encre rouge, mais encore parce qu'il lui sembla avoir vu déjà quelque part cette écriture. Il ne chercha point longtemps : c'était l'écriture rouge avec laquelle on avait complété si étrangement le cahier des charges. Il en reconnut l'allure bâtonnante et enfantine. Il la décacheta et lut :

« Mon cher directeur, je vous demande pardon de venir vous troubler en ces moments si précieux où vous décidez du sort des meilleurs artistes de l'Opéra, où vous renouvelez d'importants engagements et où vous en concluez de nouveaux ; et cela avec une sûreté de vue, une entente du théâtre, une science du public et de ses goûts, une autorité qui a été bien près de stupéfier ma vieille expérience. Je suis au courant de ce que vous venez de faire pour la Carlotta, la Sorelli et la petite Jammes, et pour quelques autres dont vous avez deviné les admirables qualités, le talent ou le génie. — (Vous savez bien de qui je parle quand j'écris ces mots-là ; ce n'est évidemment point pour la Carlotta, qui chante comme une seringue et qui n'aurait jamais dû quitter les Ambassadeurs ni le café Jacquin ; ni pour la Sorelli, qui a surtout du succès dans la carrosserie ; ni pour la petite Jammes, qui danse comme un veau dans la prairie. Ce n'est point non plus pour Christine Daaé, dont le génie est certain, mais que vous laissez avec un soin jaloux à l'écart de toute importante création.) — Enfin, vous êtes libres d'administrer votre petite affaire comme bon vous semble, n'est-ce pas ? Tout de même, je désirerais profiter de ce que vous n'avez pas encore jeté Christine Daaé à la porte pour l'entendre ce soir dans le rôle de Siebel, puisque celui de Marguerite, depuis son triomphe de l'autre jour, lui est interdit, et je vous prierai de ne point disposer de ma loge aujourd'hui ni les *jours suivants* ; car je ne terminerai pas cette lettre sans vous avouer combien j'ai été désagréablement surpris, ces temps derniers, en arrivant à l'Opéra, d'apprendre que ma loge avait été louée, — au bureau de location, — *sur vos ordres.*

« Je n'ai point protesté, d'abord parce que je suis l'ennemi du scandale, ensuite parce que je m'imaginais que vos prédécesseurs, MM. Debienne et Poligny, qui ont toujours été charmants pour moi, avaient négligé avant leur départ de vous parler de mes petites manies. Or, je viens de recevoir la réponse de MM. Debienne

et Poligny à ma demande d'explication, réponse qui me prouve que vous êtes au courant de *mon cahier des charges* et par conséquent que vous vous moquez outrageusement de moi. *Si vous voulez que nous vivions en paix, il ne faut pas commencer par m'enlever ma loge !* Sous le bénéfice de ces petites observations, veuillez me considérer, mon cher directeur comme votre très humble et très obéissant serviteur.

Signé : « F. de l'Opéra.

Cette lettre était accompagnée d'un extrait de la petite correspondance de la *Revue théâtrale*, où on lisait ceci :

« F. de l'O : R et M *sont inexcusables. Nous les avons prévenus et nous leur avons laissé entre les mains votre cahier des charges. Salutations !* »

M. Firmin Richard avait à peine terminé cette lecture que la porte de son cabinet s'ouvrait et que M. Armand Moncharmin venait au-devant de lui, une lettre à la main, absolument semblable à celle que son collègue avait reçue. Ils se regardèrent en éclatant de rire.

« La plaisanterie continue, fit M. Richard ; mais elle n'est pas drôle !

— Qu'est-ce que ça signifie ? demanda M. Moncharmin. Pensent-*ils* que parce qu'ils ont été directeurs de l'Opéra nous allons leur concéder une loge à perpétuité ? »

Car, pour le premier comme pour le second, il ne faisait point de doute que la double missive ne fût le fruit de la collaboration facétieuse de leurs prédécesseurs.

« Je ne suis point d'humeur à me laisser longtemps berner ! « déclara Firmin Richard.

— C'est inoffensif ! observa Armand Moncharmin.

« Au fait, qu'est-ce qu'ils veulent ? Une loge pour ce soir ? »

M. Firmin Richard donna l'ordre à son secrétaire d'envoyer la première loge n° 5 à MM. Debienne et Poligny, si elle n'était pas louée.

Elle ne l'était pas. Elle leur fut expédiée sur-le-champ. MM. Debienne et Poligny habitaient : le premier, au coin de la rue Scribe et du boulevard des Capucines ; le second, rue Auber. Les deux lettres du fantôme F. de l'Opéra avaient été mises au bureau de poste du boulevard des Capucines. C'est Moncharmin qui le remarqua en examinant les enveloppes.

« Tu vois bien ! fit Richard. »

Ils haussèrent les épaules et regrettèrent que des gens de cet âge s'amusassent encore à des jeux si innocents.

« Tout de même, ils auraient pu être polis ! fit observer Moncharmin. As-tu vu comme ils nous traitent à propos de la Carlotta, de la Sorelli et de la petite Jammes ?

— Eh bien ! cher, ces gens-là sont malades de jalousie !... Quand je pense qu'ils sont allés jusqu'à payer une petite correspondance à la *Revue théâtrale !*... Ils n'ont plus rien à faire ?

— A propos ! dit encore Moncharmin, ils ont l'air de s'intéresser beaucoup à la petite Christine Daaé...

— Tu sais aussi bien que moi qu'elle a la réputation d'être sage ! répondit Richard.

— On vole si souvent sa réputation, répliqua Moncharmin. Est-ce que je n'ai pas, moi, la réputation de me connaître en musique, et j'ignore la différence qu'il y a entre la clef de *sol* et la clef de *fa*.

— Tu n'as jamais eu cette réputation-là, déclara Richard, rassure-toi. »

Là-dessus, Firmin Richard donna l'ordre à l'huissier de faire entrer les artistes qui, depuis deux heures, se promenaient dans le grand couloir de l'administration en attendant que la porte directoriale s'ouvrît, cette porte derrière laquelle les attendaient la gloire et l'argent... ou le congé.

Toute cette journée se passa en discussions, pourparlers, signatures ou ruptures de contrats ; aussi je vous prie de croire que ce soir-là — le soir du 25 janvier — nos deux directeurs, fatigués par une âpre journée de colères, d'intrigues, de recommandations, de menaces, de protestations d'amour ou de haine, se couchèrent de bonne heure, sans avoir même la curiosité d'aller jeter un coup d'œil dans la loge du numéro 5, pour savoir si MM. Debienne et Poligny, trouvaient le spectacle à leur goût. L'Opéra n'avait point chômé depuis le départ de l'ancienne direction, et M. Richard avait fait précéder aux travaux nécessaires, sans

interrompre le cours des représentations.

Le lendemain matin, MM. Richard et Moncharmin trouvèrent dans leur courrier, d'une part, une carte de remerciement du fantôme, ainsi conçue :

« Mon cher Directeur.

« Merci. Charmante soirée. Daaé exquise. Soignez les chœurs. La Carlotta, magnifique et banal instrument. Vous écrirai bientôt pour les 240.000 francs, — exactement 233.424 fr. 70 ; MM. Debienne et Poligny m'ayant fait parvenir les 6.575 fr. 30, représentant les dix premiers jours de ma pension de cette année — leur privilège finissant le 10 au soir.

« Serviteur.

« F. de l'O. »

D'autre part, une lettre de MM. Debienne et Poligny :

« Messieurs,

« Nous vous remercions de votre aimable attention, mais vous comprendrez facilement que la perspective de réentendre *Faust*, si douce soit-elle à d'anciens directeurs de l'Opéra, ne puisse nous faire oublier que nous n'avons aucun droit à occuper la première loge numéro 5, qui appartient exclusivement à *celui* dont nous avons eu l'occasion de vous parler, en relisant avec vous, une dernière fois, le cahier des charges, — dernier alinéa de l'article 63.

« Veuillez agréer, messieurs, etc. »

« Ah ! mais, ils commencent à m'agacer, ces gens-là ! déclara violemment Firmin Richard, en arrachant la lettre de MM. Debienne et Poligny. »

Ce soir-là, la première loge numéro 5 fut louée.

Le lendemain, en arrivant dans leur cabinet, MM. Richard et Moncharmin trouvaient un rapport d'inspecteur relatif aux événements qui s'étaient déroulés la veille au soir dans la première loge numéro 5. Voici le passage essentiel du rapport qui est bref :

Universal Film.

*Bouleversé du succès de l'artiste et aussi de son évanouissement, Raoul s'était précipité dans la loge
et contemplait Christine, renaissant à la vie.*

Décroché, le lustre plongeait des hauteurs de la salle et s'abîmait au milieu de l'orchestre, parmi clameurs. Ce fut une épouvante, un sauve-qui-peut général... L'enquête avait conclu à un accident

A ce moment donc... à ce moment juste... se produisit quelque chose... quelque chose d'effroyable...

Universal Film.

VII.

« J'ai été dans la nécessité, écrit l'inspecteur, de requérir, ce soir — l'inspecteur avait écrit son rapport la veille au soir — un garde municipal pour faire évacuer par deux fois, au commencement et au milieu du second acte, la première loge numéro 5. Les occupants — ils étaient arrivés au commencement du second acte — y causaient un véritable scandale par leurs rires et leurs réflexions saugrenues. De toutes parts, autour d'eux, des chut ! se faisaient entendre et la salle commençait à protester quand l'ouvreuse est venue me trouver ; je suis entré dans la loge et fis entendre les observations nécessaires. Ces gens ne paraissaient point jouir de tout leur bon sens et me tinrent des propos stupides. Je les avertis que si un pareil scandale se renouvelait je me verrais forcé de faire évacuer la loge. Je n'étais pas plutôt parti que j'entendis de nouveau leurs rires et les protestations de la salle. Je revins avec un garde municipal qui les fit sortir. Ils réclamèrent, toujours en riant, déclarant qu'ils ne s'en iraient point si on ne leur rendait pas leur argent. Enfin, ils se calmèrent, et je les laissai rentrer dans la loge ; aussitôt les rires recommencèrent, et, cette fois, je les fis expulser définitivement.

« Qu'on fasse venir l'inspecteur, cria Richard à son secrétaire, qui avait lu, le premier, ce rapport et qui l'avait déjà annoté au crayon bleu. »

Le secrétaire, M. Rémy — vingt-quatre ans, fine moustache, élégant, distingué, grande tenue — dans ce temps-là redingote obligatoire dans la journée, intelligent et timide devant le directeur, compulse les journaux, répond aux lettres, distribue des loges et des billets de faveur, règle les rendez-vous, cause avec ceux qui font antichambre, court chez les artistes malades, cherche les doublures, correspond avec les chefs de service, mais avant tout est le verrou du cabinet directorial, peut être sans compensation aucune jeté à la porte du jour au lendemain, car il n'est pas reconnu par l'administration — le secrétaire, qui avait fait déjà chercher l'inspecteur, donna l'ordre de le faire entrer.

L'inspecteur entra, un peu inquiet.

« Racontez-nous ce qui s'est passé, fit brusquement Richard. »

L'inspecteur bredouilla tout de suite et fit allusion au rapport.

« Enfin ! ces gens-là, pourquoi riaient-ils ? demanda Moncharmin.

— Monsieur le directeur, ils devaient avoir bien dîné et paraissaient plus préparés à faire des farces qu'à écouter de la bonne musique. Déjà, en arrivant, ils n'étaient pas plutôt entrés dans la loge qu'ils en étaient ressortis et avaient appelé l'ouvreuse qui leur a demandé ce qu'ils avaient. Ils ont dit à l'ouvreuse : « Regardez dans la loge, il n'y a personne, n'est-ce pas ?... — Non, a répondu l'ouvreuse. — Et bien, ont-ils affirmé, quand nous sommes entrés, nous avons entendu une voix qui disait *qu'il y avait quelqu'un.* »

M. Moncharmin ne put regarder M. Richard sans sourire, mais M. Richard, lui, ne souriait point. Il avait jadis trop «travaillé» dans le genre pour ne point reconnaître dans le récit que lui faisait, le plus naïvement du monde, l'inspecteur, toutes les marques d'une de ces méchantes plaisanteries qui amusent d'abord tous ceux qui en sont victimes puis qui finissent par les rendre enragés.

M. l'inspecteur, pour faire sa cour à M. Moncharmin, qui souriait, avait cru devoir sourire, lui aussi. Malheureux sourire ! Le regard de M. Richard foudroya l'employé, qui s'occupa aussitôt de montrer un visage effroyablement consterné.

« Enfin, quand ces gens-là sont arrivés, demanda en grondant le terrible Richard, il n'y avait personne dans la loge ?

— Personne, monsieur le directeur ! personne ! Ni dans la loge de droite, ni dans la loge de gauche, personne, je vous le jure ! j'en mets la main au feu ! et c'est ce qui prouve bien que tout cela n'est qu'une plaisanterie.

— Et l'ouvreuse, qu'est-ce qu'elle a dit ?

— Oh ! pour l'ouvreuse, c'est bien simple, elle dit que c'est le fantôme de l'Opéra. Alors ? »

Et l'inspecteur ricana. Mais encore il comprit qu'il avait eu tort de ricaner, car il n'avait point plutôt prononcé ces mots : elle dit que c'est le *fantôme de l'Opéra !* que la physionomie de M. Richard, de sombre qu'elle était, devint farouche.

« Qu'on aille me chercher l'ouvreuse ! commanda-t-il... Tout de suite ! Et que l'on me la ramène ! Et que l'on me mette tout ce monde-là à la porte ! »

L'inspecteur voulut protester. Mais Richard lui ferma la bouche d'un redoutable : « Taisez-vous ! » Puis quand les lèvres du malheureux subordonné semblèrent closes pour toujours, M. le directeur ordonna qu'elles se rouvrissent à nouveau.

« Qu'est-ce que le « fantôme de l'Opéra ? » se décida-t-il à demander avec un grognement.

Mais l'inspecteur était maintenant incapable de dire un mot. Il fit entendre, par une mimique désespérée, qu'il n'en savait rien ou plutôt qu'il n'en voulait rien savoir.

« Vous l'avez vu, vous, le fantôme de l'Opéra ? »

Par un geste énergique de la tête, l'inspecteur nia l'avoir jamais vu.

« Tant pis ! déclara froidement M. Richard. »

L'inspecteur ouvrit des yeux énormes, des yeux qui sortaient de leurs orbites, pour demander pourquoi M. le directeur avait prononcé ce sinistre : tant pis !

« Parce que je vais régler leur compte à tous ceux qui ne l'ont pas vu ! expliqua M. le directeur. Puisqu'il est partout, il n'est pas admissible qu'on ne l'aperçoive nulle part. J'aime qu'on fasse son service, moi ! »

V

SUITE DE « LA LOGE N° 5 »

Ayant dit, M. Richard ne s'occupa plus du tout de l'inspecteur et traita de diverses affaires avec son administrateur qui venait d'entrer. L'inspecteur avait pensé qu'il pouvait s'en aller et, tout doucement, oh ! mon Dieu ! si doucement !... à reculons, il s'était rapproché de la porte, quand M. Richard, s'apercevant de la manœuvre, cloua l'homme sur place d'un ton tonitruant : « Bougez pas ! »

Par les soins de M. Rémy, on était allé chercher l'ouvreuse, qui était concierge rue de Provence, à deux pas de l'Opéra. Elle fit bientôt son entrée.

« Comment vous appelez-vous ?

— Mame Giry. Vous me connaissez bien, monsieur le directeur ; c'est moi la mère de la petite Giry, la petite Meg, quoi ! »

Ceci fut dit d'un ton rude et solennel qui impressionna un instant M. Richard. Il regarda Mame Giry (châle déteint, souliers usés, vieille robe de taffetas, chapeau couleur de suie). Il était de toute évidence, à l'attitude de M. le directeur, que celui-ci ne connaissait nullement ou ne se rappelait point avoir connu Mᵐᵉ Giry, ni même la petite Giry, « ni même la petite Meg ! » Mais l'orgueil de Mᵐᵉ Giry était tel que cette célèbre ouvreuse (je crois bien que c'est de son nom que l'on a fait le mot bien connu dans l'argot des coulisses : « giries ». Exemple : une artiste reproche à une camarade ses potins, ses papotages ; elle lui dira : « tout ça, c'est des giries »), que cette ouvreuse, disons-nous, s'imaginait être connue de tout le monde.

« Connais pas ! finit par proclamer M. le directeur... Mais, Mame Giry, il n'empêche que je voudrais bien savoir ce qui vous est arrivé hier soir, pour que vous ayez été forcée, vous et M. l'inspecteur, d'avoir recours à un garde municipal...

— J'voulais justement vous voir pour vous en parler, m'sieu le directeur, à seule fin qu'il ne nous arrive pas les mêmes désagréments qu'à MM. Debienne et Poligny... Eux, non plus, au commencement, ils ne voulaient pas m'écouter...

— Je ne vous demande pas tout ça. Je vous demande ce qui vous est arrivé hier soir ? »

Mᵐᵉ Giry devint rouge d'indignation. On ne lui avait jamais parlé sur un ton pareil. Elle se leva comme pour partir, ramassant déjà les plis de sa jupe et agitant avec dignité les plumes de son chapeau couleur de suie ; mais, se ravisant, elle se rassit et dit d'une voix rogue :

« Il est arrivé qu'on a encore embêté le fantôme ! »

Là-dessus, comme M. Richard allait éclater, M. Moncharmin intervint et dirigea l'interrogatoire, d'où il résulta que Mame Giry trouvait tout naturel qu'une voix se fît entendre pour proclamer qu'il y avait du monde dans une loge où il n'y avait personne. Elle ne pouvait s'expliquer ce phénomène, qui n'était point nouveau pour elle, que par l'intervention du

— 26 —

fantôme. Ce fantôme, personne ne le voyait dans la loge, mais tout le monde pouvait l'entendre. Elle l'avait entendu souvent, elle et on pouvait l'en croire, car elle ne mentait jamais. On pouvait demander à MM. Debienne et Poligny et à tous ceux qui la connaissaient, et aussi à M. Isidore Saak, à qui le fantôme avait cassé la jambe !

« Oui-dà ? interrompit Moncharmin. Le fantôme a cassé la jambe à ce pauvre Isidore Saack ? »

Mame Giry ouvrit de grands yeux où se dépeignait l'étonnement qu'elle ressentait devant tant d'ignorance. Enfin, elle consentit à instruire ces deux malheureux innocents. La chose s'était passée du temps de MM. Debienne et Poligny, toujours dans la loge n° 5, et aussi pendant une représentation de *Faust*.

Mame Giry tousse, assure sa voix... elle commence... on dirait qu'elle se prépare à chanter toute la partition de Gounod.

« Voilà, monsieur. Il y avait, ce soir-là, au premier rang, M. Maniera et sa dame, les lapidaires de la rue de Mogador, et, derrière Mme Maniera, leur ami intime, M. Isidore Saak. Méphistophélès chantait (*Mame Giry chante*) : « Vous qui faites l'endormie », et alors M. Maniera entend dans son oreille droite (sa femme était à sa gauche) une voix qui lui dit : « Ah ! ah ! ce n'est pas Julie qui fait l'endormie ! » (Sa dame s'appelle justement Julie). M. Maniera se retourne à droite pour voir qui est-ce qui lui parlait ainsi. Personne ! Il se frotte l'oreille et se dit à lui-même : « Est-ce que je rêve ? » Là-dessus, Méphistophélès continuait sa chanson... Mais j'ennuie peut-être messieurs les directeurs ?

— Non ! non ! continuez...

— Messieurs les directeurs sont trop bons ! (*Une grimace de Mame Giry*). Donc, Méphistophélès continuait sa chanson (*Mame Giry chante*) : « Catherine que j'adore — pourquoi refuser — à l'amant qui vous implore — un si doux baiser ? » et aussitôt M. Maniera entend, toujours dans son oreille droite, la voix qui lui dit : « Ah ! ah ! ce n'est pas Julie qui refuserait un baiser à Isidore ? » Là-dessus ils se retourne, mais, cette fois, du côté de sa dame et d'Isidore, et qu'est-ce qu'il voit ? Isidore qui avait pris par derrière la main de sa dame et

qui la couvrait de baisers dans le petit creux du gant... comme ça, mes bons messieurs. (*Mame Giry couvre de baisers le coin de chair laissé à nu par son gant de filoselle.*) Alors, vous pensez bien que ça ne s'est pas passé à la douce ! Clic ! Clac ! M. Maniera, qui était grand et fort comme vous, monsieur Richard, distribua une paire de gifles à M. Isidore Saack, qui était mince et faible comme M. Moncharmin, sauf le respect que je lui dois. C'était un scandale. Dans la salle, on criait : « Il va le tuer !... » Enfin, M. Isidore Saack pu s'échapper...

— Le fantôme ne lui avait donc pas cassé la jambe ? demanda M. Moncharmin, un peu vexé de ce que son physique ait fait une si petite impression sur Mame Giry.

— Il la lui a cassée, mossieu, répliqua Mame Giry avec hauteur (car elle a compris l'intention blessante). Il la lui a cassée tout net dans la grande escalier, qu'il descendait trop vite, mossieu ! et si bien, ma foi, que le pauvre ne la remontera pas de sitôt !...

— C'est le fantôme qui vous a raconté les propos qu'il avait glissés dans l'oreille droite de M. Maniera ? questionne toujours avec un sérieux qu'il croit du plus haut comique, le juge d'instruction Moncharmin.

— Non ! mossieu, c'est mossieu Maniera lui-même. Ainsi...

— Mais vous, vous avez parlé déjà au fantôme, ma brave dame ?

— Comme je vous parle, mon bra'v mossieu...

— Et quand il vous parle, le fantôme, qu'est-ce qu'il vous dit ?

— Eh bien ! il me dit de lui apporter un p'tit banc ! »

A ces mots prononcés solennellement, la figure de Mame Giry devint de marbre, de marbre jaune, veiné de raies rouges, comme celui des colonnes qui soutiennent le grand escalier et que l'on appelle marbre sarrancolin.

Cette fois, Richard était reparti à rire de compagnie avec Moncharmin et le secrétaire Rémy ; mais, instruit par l'expérience, l'inspecteur ne riait plus. Appuyé au mur, il se demandait, en remuant fébrilement ses clefs dans sa poche, comment cette histoire allait finir. Et plus Mame Giry le prenait sur un ton « rogue », plus il craignait le retour de la colère de M. le directeur ! Et maintenant, voilà que, devant l'hilarité directoriale, Mame Giry osait devenir menaçante ! menaçante en vérité !

« Au lieu de rire du fantôme, s'écria-t-elle, indignée, vous feriez mieux de faire comme M. Poligny qui, lui, s'est rendu compte par lui-même...

— Rendu compte de quoi ? interroge Moncarmin, qui ne s'est jamais tant amusé.

— Du fantôme !... Puisque je vous le dis... Tenez !... (*Elle se calme subitement, car elle juge que l'heure est grave.*) Tenez !... Je m'en rappelle comme si c'était hier. Cette fois, on jouait la *Juive*. M. Poligny avait voulu assister, tout seul, dans la loge du fantôme, à la représentation. Mme Krauss avait obtenu un succès fou. Elle venait de chanter, vous savez bien, la machine du second acte (*Mme Giry chante à mi-voix :*

> Près de celui que j'aime
> Je veux vivre et mourir,
> Et la mort, elle-même,
> Ne peut nous désunir.

« Bien ! Bien ! j'y suis... fait observer avec un sourire décourageant M. Moncharmin ».

Mais Mame Giry continue à mi-voix, en balançant la plume de son chapeau couleur de suie :

Partons ! partons ! Ici-bas, dans les cieux,
Même sort désormais nous attend tous les deux.

« Oui ! oui ! nous y sommes ? répéta Richard, à nouveau impatienté... et alors ? et alors ?

— Et alors, c'est à ce moment-là que Léopold s'écrie : « Fuyons ! » n'est-ce pas ? et qu'Eléazar les arrête, en leur demandant : « Où courez-vous ? » Eh bien, juste à ce moment-là, M. Poligny, que j'observais du fond d'une loge à côté, qui était restée vide, M. Poligny s'est levé tout droit, et est parti raide comme une statue, et je n'ai eu que le temps de lui demander, comme Eléazar : « Où allez-vous ? » Mais il ne m'a pas répondu et il était plus pâle qu'un mort ! Je l'ai regardé descendre l'escalier, mais il ne s'est pas cassé la jambe... Pourtant, il marchait comme dans un rêve, comme dans un mauvais rêve, et il ne retrouvait seulement pas son chemin... lui qui était payé pour bien connaître l'Opéra ! »

Ainsi s'exprima Mame Giry, et elle se tut pour juger de l'effet qu'elle avait produit. L'histoire de Poligny avait fait hocher la tête à Moncharmin.

« Tout cela ne me dit pas dans quelles circonstances, ni comment le fantôme de l'Opéra vous a demandé un petit banc ? insista-t-il, en regardant fixement la mère Giry, comme on dit, entre « quatre-z-yeux ».

— Eh bien, mais, depuis ce soir-là, on l'a laissé tranquille, not' fantôme... on n'a plus essayé de lui disputer sa loge. MM. Debienne et Poligny ont donné des ordres pour qu'on la lui laisse à toutes les représentations. Alors, quand il venait, il me demandait son petit banc...

— Euh ! euh ! un fantôme qui demande un petit banc ? C'est donc une femme, votre fantôme ? interrogea Moncharmin.

— Non, le fantôme est un homme.

— Comment le savez-vous ?

— Il a une voix d'homme, oh ! une douce voix d'homme ! Voilà comment ça se passe : Quand il vient à l'Opéra, il arrive d'ordinaire vers le milieu du premier acte, il frappe trois petits coups secs à la porte de la loge n° 5. La première fois que j'ai entendu ces trois coups-là, alors que je savais très bien qu'il n'y avait personne dans la loge, vous pensez si j'ai été intriguée ! J'ouvre la porte, j'écoute, je regarde : personne ! et puis voilà-t-il pas que j'entends une voix qui me dit : « Mame Jules » (c'est le nom de défunt mon mari), un petit « banc, s. v. p. ? » Sauf vot' respect, m'sieu le directeur, j'en étais comme une tomate... Mais la voix continua : « Vous effrayez pas, Mame Jules, c'est moi le fantôme de l'Opéra ! » Je regardai du côté d'où venait la voix qui était, du reste, si bonne, et si « accueillante », qu'elle ne me faisait presque plus peur. La voix, m'sieu le directeur, *était assise sur le premier fauteuil du premier rang, à droite.* Sauf que je ne voyais personne sur le fauteuil, on aurait juré qu'il y avait quelqu'un dessus, qui parlait, et quelqu'un de bien poli, ma foi.

— La loge à droite de la loge n° 5, demanda Moncharmin, était-elle occupée ?

— Non ; la loge n° 7 comme la loge n° 3, à

gauche, n'étaient pas encore occupées. On n'était qu'au commencement du spectacle.

— Et qu'est-ce que vous avez fait ?

— Eh bien ! j'ai apporté le petit banc. Evidemment ça n'était pas pour lui, qu'il demandait un petit banc, c'était pour sa dame ! Mais elle, je ne l'ai jamais entendue ni vue... »

Hein ? Quoi ? le fantôme avait une femme, maintenant ! De Mame Giry, le double regard de MM. Moncharmin et Richard monta jusqu'à l'inspecteur qui, derrière l'ouvreuse, agitait les bras dans le dessein d'attirer sur lui l'attention de ses chefs. Il se frappait le front d'un index désolé pour faire comprendre aux directeurs que la mère Jules était bien certainement folle, pantomime qui engagea définitivement M. Richard à se séparer d'un inspecteur qui gardait dans son service une hallucinée. La bonne femme continuait, toute à son fantôme, vantant maintenant sa générosité.

« A la fin du spectacle, il me donne toujours une pièce de quarante sous, quelquefois cent sous, quelquefois même dix francs, quand il a été plusieurs jours sans venir. Seulement, depuis qu'on a recommencé à l'ennuyer, il ne me donne plus rien du tout...

— Pardon, ma brave femme... (Révolte nouvelle de la plume du chapeau couleur de suie, devant une aussi persistante familiarité) pardon !... Mais comment le fantôme fait-il pour vous remettre vos quarante sous ? interroge Moncharmin, né curieux.

— Bah ! il les laisse sur la tablette de la loge. Je les trouve là avec le programme que je lui apporte toujours ; des soirs, je retrouve même des fleurs dans ma loge, une rose qui sera tombée du corsage de sa dame... car, sûr, il doit venir quelquefois avec une dame, pour qu'un jour, ils aient oublié un éventail.

— Ah ! ah ! le fantôme a oublié un éventail ? Et qu'en avez-vous fait ?

— Eh bien ! je le lui ai rapporté la fois suivante. »

Ici, voix de l'inspecteur se fit entendre :

« Vous n'avez pas observé le règlement, Mame Giry, je vous mets à l'amende.

— Taisez-vous, imbécile ! (*Voix de basse de M. Firmin Richard.*)

— Vous avez rapporté l'éventail. Et alors ?

— Et alors, ils l'ont remporté, m'sieu le directeur ; je ne l'ai plus retrouvé à la fin du spectacle, à preuve qu'ils ont laissé à la place une boîte de bonbons anglais que j'aime tant, monsieur le directeur. C'est une des gentillesses du fantôme.

— C'est bien, Mame Giry... Vous pouvez vous retirer. »

Quand Mame Giry eut salué respectueusement, non sans une certaine dignité qui ne l'abandonnait jamais, ses deux directeurs, ceux-ci déclarèrent à M. l'inspecteur qu'ils étaient décidés à se priver des services de cette vieille folle. Et ils congédièrent M. l'inspecteur.

Quand M. l'inspecteur se fut retiré à son tour, après avoir protesté de son dévouement à la maison, MM. les directeurs avertirent M. l'administrateur qu'il eût à faire régler le compte de M. l'inspecteur. Quand ils furent seuls, MM. les directeurs se communiquèrent une même pensée, qui leur était venue en même temps à tous deux, celle d'aller faire un petit tour du côté de la loge n° 5.

Nous les y suivrons bientôt.

VI

LE VIOLON ENCHANTÉ

Christine Daaé, victime d'intrigues sur lesquelles nous reviendrons plus tard, ne retrouva point tout de suite à l'Opéra le triomphe de la fameuse soirée de gala. Depuis, cependant, elle avait eu l'occasion de se faire entendre en ville, chez la duchesse de Zurich, où elle chanta les plus beaux morceaux de son répertoire ; et voici comment le grand critique X. Y. Z., qui se trouvait parmi les invités de marque, s'exprime sur son compte :

« Quand on l'entend dans *Hamlet*, on se demande si Shakespeare est venu des Champs-Elysées lui faire répéter *Ophélie*... Il est vrai que, quand elle ceint le diadème d'étoiles de la reine de la nuit, Mozart, de son côté, doit quitter les demeures éternelles pour venir l'entendre. Mais non, il n'a pas à se déranger, car la voix aiguë et vibrante de l'interprète magique de sa *Flûte enchantée* vient le trouver dans le

Ciel, qu'elle escalade avec aisance, exactement comme elle a su, sans effort, passer de sa chaumière du village de Skotelof au palais d'or et de marbre bâti par M. Garnier. »

Mais après la soirée de la duchesse de Zurich, Christine ne chante plus dans le monde. Le fait est qu'à cette époque, elle refuse toute invitation, tout cachet. Sans donner de prétexte plausible, elle renonce à paraître dans une fête de charité, pour laquelle elle avait précédemment promis son concours. Elle agit comme si elle n'était pas la maîtresse de sa destinée, comme si elle avait peur d'un nouveau triomphe.

Elle sut que le comte de Chagny, pour faire plaisir à son frère, avait fait des démarches très actives en sa faveur auprès de M. Richard ; elle lui écrivit pour le remercier et aussi pour le prier de ne plus parler d'elle à ses directeurs. Quelles pouvaient bien être, alors, les raisons d'une aussi étrange attitude ? Les uns ont prétendu qu'il y avait là un incommensurable orgueil, d'autres ont crié à une divine modestie. On n'est point si modeste que cela, quand on est au théâtre ; en vérité, je ne sais si je ne devrais point écrire simplement ce mot : effroi. Oui, je crois bien que Christine Daaé avait alors peur de ce qui venait de lui arriver et qu'elle en était aussi stupéfaite que tout le monde autour d'elle. Stupéfaite ? Allons donc ! J'ai là une lettre de Christine (collection du Persan) qui se rapporte aux événements de cette époque. Eh bien, après l'avoir relue, je n'écrirai point que Christine était stupéfaite ou même effrayée de son triomphe, mais bien *épouvantée*. Oui, oui... épouvantée ! « Je ne me reconnais plus quand je chante ! » dit-elle.

La pauvre, la pure, la douce enfant !

Elle ne se montrait nulle part, et le vicomte de Chagny essaya en vain de se trouver sur son chemin. Il lui écrivit, pour lui demander la permission de se présenter chez elle, et il désespérait d'avoir une réponse, quand un matin, elle lui fit parvenir le billet suivant :

« Monsieur, je n'ai point oublié le petit enfant qui est allé me chercher mon écharpe dans la mer. Je ne puis m'empêcher de vous écrire cela, aujourd'hui où je pars pour Perros, conduite par un devoir sacré. C'est demain l'anniversaire de mon pauvre papa, que vous avez connu, et qui vous aimait bien. Il est enterré là-bas, avec son violon, dans le cimetière qui entoure la petite église, au pied du coteau où, tout petits, nous avons tant joué ; au bord de cette route où, un peu plus grands, nous nous sommes dit adieu pour la dernière fois. »

Quand il reçut ce billet de Christine Daaé, le vicomte de Chagny se précipita sur un indicateur de chemin de fer, s'habilla à la hâte, écrivit quelques lignes que son valet de chambre devait remettre à son frère et se jeta dans une voiture, qui d'ailleurs le déposa trop tard sur le quai de la gare de Montparnasse pour lui permettre de prendre le train du matin sur lequel il comptait.

Raoul passa une journée maussade et ne reprit goût à la vie que vers le soir, quand il fut installé dans son wagon. Tout le long du voyage, il relut le billet de Christine, il en respira le parfum ; il ressuscita la douce image de ses jeunes ans. Il passa toute cette abominable nuit de chemin de fer dans un rêve fiévreux qui avait pour commencement et pour fin Christine Daaé. Le jour commençait à poindre quand il débarqua à Lannion. Il courut à la diligence de Perros-Guirec. Il était le seul voyageur. Il interrogea le cocher. Il sut que la veille au soir une jeune femme, qui avait tout l'air d'être une Parisienne, s'était fait conduire à Perros et était descendue à l'auberge du Soleil-Couchant. Ce ne pouvait être que Christine. Elle était venue seule. Raoul laissa échapper un profond soupir. Il allait pouvoir en toute paix, parler à Christine, dans cette solitude. Il l'aimait à en étouffer. Ce grand garçon, qui avait fait le tour du monde, était pur comme une vierge qui n'avait jamais quitté la maison de sa mère.

Au fur et à mesure qu'il se rapprochait d'elle, il se rappelait dévotement l'histoire de la petite chanteuse suédoise. Bien des détails en sont encore ignorés de la foule.

Il y avait une fois, dans un petit bourg, aux environs d'Upsal, un paysan qui vivait là, avec sa famille, cultivant la terre pendant la semaine et chantant au lutrin, le dimanche. Ce paysan avait une petite fille à laquelle, bien avant qu'elle sût lire, il apprit à déchiffrer l'alphabet musical. Le père de Daaé, était, sans qu'il s'en doutât peut-être, un grand musicien. Il jouait du violon et était considéré comme le meilleur ménétrier de toute la Scandinavie. Sa réputation s'étendait à la ronde et on s'adressait toujours à lui pour faire danser les couples dans les noces et les festins. La mère Daaé, impotente, mourut alors que Christine entrait dans sa sixième année. Aussitôt, le père, qui n'aimait que sa fille et sa musique, vendit son lopin de terre et s'en fut chercher la gloire à Upsal. Il n'y trouva que la misère.

Alors, il retourna dans les campagnes, allant de foire en foire, raclant ses mélodies scandinaves, cependant que son enfant, qui ne le quittait jamais, l'écoutait avec extase ou l'accompagnait en chantant. Un jour, à la foire de Limby, le professeur Valérius les entendit tous deux et les emmena à Gothenbourg. Il prétendait que le père était le premier violoneux du monde et que sa fille avait l'étoffe d'une grande artiste. On pourvut à l'éducation et à l'instruction de l'enfant. Partout elle émerveillait un chacun par sa beauté, sa grâce et sa soif de bien dire et bien faire. Ses progrès étaient rapides. Le professeur Valérius et sa femme durent, sur ces entrefaites, venir s'installer en France. Ils emmenèrent Daaé et Christine. La maman Valérius traitait Christine comme sa fille. Quant au bonhomme, il commençait à dépérir, pris du mal du pays. A Paris, il ne sortait jamais. Il vivait dans une espèce de rêve qu'il entretenait avec son violon. Des heures entières, il s'enfermait dans sa chambre avec sa fille, et on l'entendait violoner et chanter tout doux, tout doux. Parfois, la maman Valérius venait les écouter derrière la porte, poussait un gros soupir, essuyait une larme et s'en retournait sur la pointe des pieds. Elle aussi, avait la nostalgie de son ciel scandinave.

Le père Daaé ne semblait reprendre des forces que l'été, quand toute la famille s'en allait villégiaturer à Perros-Guirec, dans un coin de Bretagne qui était alors à peu près inconnu des Parisiens. Il aimait beaucoup la mer de ce pays, lui trouvant, disait-il, la même couleur que là-bas et, souvent, sur la plage, il lui jouait ses airs les plus dolents, et il prétendait que la mer se taisait pour les écouter. Et puis, il avait

si bien supplié la maman Valérius, que celle-ci avait consenti à une nouvelle lubie de l'ancien ménétrier.

A l'époque des « pardons », des fêtes de villages, des danses et des « dérobées », il partait comme autrefois, avec son violon, et il avait le droit d'emmener sa fille pendant huit jours. On ne se lassait point de les écouter. Ils versaient pour toute l'année de l'harmonie dans les moindres hameaux, et couchaient la nuit dans les granges, refusant le lit de l'auberge, se serrant sur la paille l'un contre l'autre, comme au temps où ils étaient si pauvres, en Suède.

Or, ils étaient habillés fort convenablement, refusaient les sous qu'on leur offrait, ne faisaient point de quête, et les gens, autour d'eux, ne comprenaient rien à la conduite de ce violoneux qui courait les chemins avec cette belle enfant qui chantait si bien qu'on croyait entendre un ange du paradis. On les suivait de village en village.

Un jour, un garçon de la ville, qui était avec sa gouvernante, fit faire à celle-ci un long chemin, car il ne se décidait point à quitter la jeune fille dont la voix si pure et si douce semblait l'avoir enchaîné. Ils arrivèrent ainsi au bord d'une crique que l'on appelle encore Trestraou. En ce temps-là, il n'y avait en ce lieu que le ciel et la mer et le rivage doré. Et, par-dessus tout, il y avait un grand vent qui emporta l'écharpe de Christine dans la mer. Christine poussa un cri et tendit les bras, mais le voile était déjà loin sur les flots. Christine entendit une voix qui lui disait :

« Ne vous dérangez pas, mademoiselle, je vais vous ramasser votre écharpe dans la mer ».

Et elle vit un petit garçon qui courait, qui courait, malgré les cris et les protestations indignée d'une brave dame, toute en noir. Le petit garçon entra dans la mer tout habillé et lui rapporta son écharpe. Le petit garçon et l'écharpe étaient dans un bel état ! La dame en noir ne parvenait pas à se calmer, mais Christine riait de tout son cœur, et elle embrassa le petit garçon. C'était le vicomte Raoul de Chagny. Il habitait, dans le moment, avec sa tante, à Lannion. Pendant la saison, ils se revirent presque tous les jours, et ils jouèrent ensemble. Sur la demande de la tante et par l'entremise du professeur Valérius, le bonhomme Daaé consentit à donner des leçons de violon au jeune vicomte. Ainsi, Raoul apprit-il à aimer les mêmes airs que ceux qui avaient enchanté l'enfance de Christine.

Ils avaient à peu près la même petite âme rêveuse et calme. Ils ne se plaisaient qu'aux histoires, aux vieux contes bretons, et leur principal jeu était d'aller les chercher aux seuils des portes, comme des mendiants. « Madame ou mon bon monsieur, avez-vous une petite histoire à nous raconter, s'il vous plaît ? » Il était rare qu'on ne leur « donnât » point. Quelle est la vieille grand'mère bretonne qui n'a point vu, au moins une fois dans sa vie, danser les korrigans, sur la bruyère, au clair de lune ?

Mais leur grande fête était lorsque, au crépuscule, dans la grande paix du soir, après que le soleil s'était couché dans la mer, le père Daaé venait s'asseoir à côté d'eux sur le bord de la route, et leur contait à voix basse, comme s'il craignait de faire peur aux fantômes qu'il évoquait, les belles, douces et terribles légendes du pays du Nord. Tantôt, c'était beau comme les contes d'Andersen, tantôt c'était triste comme les chants du grand poète Runeberg. Quand il se taisait, les deux enfants disaient : « Encore ! »

Il y avait une histoire qui commençait ainsi :

« Un roi s'était assis dans une petite nacelle, sur une de ces eaux tranquilles et profondes qui s'ouvrent comme un œil brillant au milieu des monts de la Norvège... »

Et encore une autre, dont voici le début...

« La petite Lotte pensait à tout et ne pensait à rien. Oiseau d'été, elle planait dans les rayons d'or du soleil, portant sur ses boucles blondes sa couronne printanière. Son âme était aussi claire, aussi bleue que son regard. Elle câlinait sa mère, elle était fidèle à sa poupée, avait grand soin de sa robe, de ses souliers rouges et de son violon, mais elle aimait, pardessus toutes choses, entendre, en s'endormant, l'Ange de la musique. »

Pendant que le bonhomme disait ces choses, Raoul regardait les yeux bleus et la chevelure dorée de Christine. Et Christine pensait que la petite Lotte était bienheureuse d'entendre, en s'endormant, l'Ange de la musique. Il n'était guère d'histoire du père Daaé où n'intervînt l'Ange de la musique, et les enfants lui demandaient des explications sur cet Ange, à n'en plus finir. Le père Daaé prétendait que tous les grands musiciens, tous les grands artistes reçoivent, au moins une fois dans leur vie, la visite de l'Ange de la musique. Cet Ange s'est penché quelquefois sur leur berceau, comme il était arrivé à la petite Lotte, et c'est ainsi qu'il y a de petits prodiges qui jouent du violon à six ans mieux que des hommes de cinquante, ce qui, vous l'avouerez, est tout à fait extraordinaire. Quelquefois, l'Ange vient beaucoup plus tard, parce que les enfants ne sont pas sages et ne veulent pas apprendre leur méthode et négligent leurs gammes. Quelquefois, l'Ange ne vient jamais, parce qu'on n'a pas le cœur pur ni une conscience tranquille. On ne voit jamais l'Ange, mais il se fait entendre aux âmes prédestinées. C'est souvent dans les moments qu'elles s'y attendent le moins, quand elles sont tristes et découragées. Alors, l'oreille perçoit tout à coup des harmonies célestes, une voix divine, et s'en souvient toute la vie. Les personnes qui sont visitées par l'Ange en restent comme enflammées. Elles vibrent d'un frisson que ne connaît point le reste des mortels. Et elles ont ce privilège de ne plus pouvoir toucher un instrument ou ouvrir la bouche pour chanter, sans faire entendre des sons qui font honte, par leur beauté, à tous les autres sons humains. Les gens qui ne savent pas que l'Ange a visité ces personnes disent qu'elles ont du génie.

La petite Christine demandait à son papa s'il avait entendu l'Ange. Mais le père Daaé secouait la tête tristement, puis son regard brillait en regardant son enfant et lui disait :

« Toi, mon enfant, tu l'entendras un jour ! Quand je serai au Ciel, je te l'enverrai, je te le promets ! »

Le père Daaé commençait à tousser, à cette époque.

L'automne vint, qui sépara Raoul et Christine.

Ils se revirent trois ans plus tard ; c'étaient des jeunes gens. Ceci se passa à Perros encore et Raoul en conserva une telle impression qu'elle le poursuivit toute sa vie. Le professeur Valérius était mort, mais la maman Valérius était restée en France, où ses intérêts la retenaient, avec le bonhomme Daaé et sa fille, ceux-ci toujours chantant et jouant du violon, entraînant dans leur rêve harmonieux leur chère protectrice, qui semblait ne plus vivre que de musique. Le jeune homme était venu à tout hasard à Perros et, de même, il pénétra dans la maison habitée autrefois par sa petite amie. Il vit d'abord le vieillard Daaé, qui se leva de son siège les larmes aux yeux et qui l'embrassa, en lui disant qu'ils avaient conservé de lui un fidèle souvenir. De fait, il ne s'était guère passé de jours sans que Christine ne parlât de Raoul. Le vieillard parlait encore quand la porte s'ouvrit et, charmante, empressée, la jeune fille entra, portant sur un plateau le thé fumant. Elle reconnut Raoul et déposa son fardeau. Une flamme légère se répandit sur son charmant visage. Elle demeurait hésitante, se taisait. Le papa les regardait tous deux. Raoul s'approcha de la jeune fille et l'embrassa d'un baiser qu'elle n'évita point. Elle lui posa quelques questions, s'acquitta joliment de son devoir d'hôtesse, reprit le plateau et quitta la chambre. Puis elle alla se réfugier sur un banc, dans la solitude du jardin. Elle éprouvait des sentiments qui s'agitaient dans son cœur adolescent pour la première fois. Raoul vint la rejoindre et ils causèrent jusqu'au soir, dans un grand embarras. Ils étaient tout à fait changés, ne reconnaissaient point leurs personnages, qui semblaient avoir acquis une importance considérable. Ils étaient prudents comme des diplomates et ils se racontaient des choses qui n'avaient point affaire avec leurs sentiments naissants. Quand ils se quittèrent, au bord de la route, Raoul dit à Christine, en déposant un baiser correct sur sa main tremblante : « Mademoiselle, je ne vous oublierai jamais ! » Et il s'en alla en regrettant cette parole hardie, car il savait bien que Christine Daaé ne pouvait pas être la femme du vicomte de Chagny.

Quant à Christine, elle alla retrouver son père et lui dit :

« Tu ne trouves pas que Raoul n'est plus aussi gentil qu'autrefois ? Je ne l'aime plus ! » Et elle essaya de ne plus penser à lui. Elle y

arriva assez difficilement et se rejeta sur son art qui lui prit tous ses instants. Ses progrès devenaient merveilleux. Ceux qui l'écoutaient lui prédisaient qu'elle serait la première artiste du monde. Mais son père, sur ces entrefaites, mourut, et, du coup, elle sembla avoir perdu avec lui sa voix, son âme et son génie. Il lui resta suffisamment de tout cela pour entrer au Conservatoire, mais tout juste. Elle ne se distingua en aucune façon, suivit les classes sans enthousiasme et remporta un prix pour faire plaisir à la vieille Valérius, avec laquelle elle continuait de vivre. La première fois que Raoul avait revu Christine à l'Opéra, il avait été charmé par la beauté de la jeune fille et par l'évocation des douces images d'autrefois, mais il avait été plutôt étonné du côté négatif de son art. Elle semblait détachée de tout. Il revint l'écouter. Il la suivait dans les coulisses. Il l'attendit derrière un portant. Il essaya d'attirer son attention. Plus d'une fois, il l'accompagna jusque vers le seuil de sa loge, mais elle ne le voyait pas. Elle semblait, du reste, ne voir personne. C'était l'indifférence qui passait. Raoul en souffrit, car elle était belle ; il était timide et n'osait s'avouer à lui-même qu'il l'aimait. Et puis, ça avait été le coup de tonnerre de la soirée de gala : les cieux déchirés, une voix d'ange se faisant entendre sur la terre pour le ravissement des hommes et la consommation de son cœur...

Et puis, et puis, il y avait eu cette voix d'homme derrière la porte : « Il faut m'aimer ! » et personne dans la loge...

Pourquoi avait-elle ri quand il lui avait dit, dans le moment qu'elle rouvrait les yeux : « Je suis le petit enfant qui a ramassé votre écharpe dans la mer ? » Pourquoi ne l'avait-elle pas reconnu ? Et pourquoi lui avait-elle écrit ?

. . . .

Oh ! cette côte est longue... longue... Voici le crucifix des trois chemins... Voici la lande déserte, la bruyère glacée, le paysage immobile sous le ciel blanc. Les vitres tintinnabulent, lui brisent leurs carreaux dans les oreilles... Que de bruit fait cette diligence qui avance si peu ! Il reconnaît les chaumières... les enclos, les talus, les arbres du chemin... Voici le dernier détour de la route, et puis on dévalera et ce sera la mer... la grande baie de Perros...

Alors, elle est descendue à l'auberge du Soleil-Couchant. Dame ! Il n'y en a pas d'autre. Et puis, on y est très bien. Il se rappelle que, dans le temps, on y racontait de belles histoires ! Comme son cœur bat ! Qu'est-ce qu'elle va dire en le voyant ?

La première personne qu'il aperçoit, en entrant dans la vieille salle enfumée, est la maman Tricard. Elle le reconnaît. Elle lui fait des compliments. Elle lui demande ce qui l'amène. Il rougit. Il dit que, venu pour affaire à Lannion, il a tenu à « pousser jusque-là pour lui dire bonjour ». Elle veut lui servir à déjeuner, mais il dit : « Tout à l'heure. » Il semble attendre quelque chose ou quelqu'un. La porte s'ouvre. Il est debout. Il ne s'est pas trompé : c'est elle ! Il veut parler, il retombe. Elle reste devant lui, souriante, nullement étonnée. Sa figure est fraîche et rose comme une fraise venue à l'ombre. Sans doute, la jeune fille est-elle émue par une marche rapide. Son sein, qui renferme un cœur sincère, se soulève doucement. Ses yeux, clairs miroirs d'azur pâle, de la couleur des lacs qui rêvent, immobiles, tout là-haut vers le nord du monde, ses yeux lui apportent tranquillement le reflet de son âme candide. Le vêtement de fourrure est entr'ouvert sur une taille souple, sur la ligne harmonieuse de son jeune corps plein de grâce. Raoul et Christine se regardent longuement. La maman Tricard sourit et, discrète, s'esquive. Enfin, Christine parle :

« Vous êtes venu et cela ne m'étonne point. J'avais le pressentiment que je vous retrouverais ici, dans cette auberge, en revenant de la messe. Quelqu'un me l'a dit, là-bas. Oui, on m'avait annoncé votre arrivée.

— Qui donc ? demanda Raoul, en prenant dans ses mains la petite main de Christine que celle-ci ne lui retire pas.

— Mais, mon pauvre papa, qui est mort. »

Il y eut un silence entre les deux jeunes gens.

Puis, Raoul reprend :

« Est-ce que votre papa vous a dit que je vous aimais, Christine, et que je ne puis vivre sans vous ? »

Christine rougit jusqu'aux cheveux et détourna la tête. Elle dit, la voix tremblante :

« Moi ? Vous êtes fou, mon ami. »

Et elle éclata de rire pour se donner, comme on dit, une contenance.

« Ne riez pas, Christine, c'est très sérieux. »
Et elle répliqua, grave :

« Je ne vous ai point fait venir pour que vous me disiez des choses pareilles.

— Vous m'avez « fait venir », Christine ; vous avez deviné que votre lettre ne me laisserait point indifférent et que j'accourrais à Perros. Comment avez-vous pu penser cela, si vous n'avez pas pensé que je vous aimais ?

— J'ai pensé que vous vous souviendriez des jeux de notre enfance auxquels mon père se mêlait si souvent. Au fond, je ne sais pas bien ce que j'ai pensé... J'ai peut-être eu tort de vous écrire... Votre apparition si subite, l'autre soir dans ma loge, m'avait reportée loin, bien loin dans le passé, et je vous ai écrit comme une petite fille que j'étais alors, qui serait heureuse de revoir, dans un moment de tristesse et de solitude, son petit camarade à côté d'elle... »

Un instant, ils gardent le silence. Il y a dans l'attitude de Christine quelque chose que Raoul ne trouve point naturel, sans qu'il lui soit possible de préciser sa pensée. Cependant, il ne la sent pas hostile ; loin de là... la tendresse désolée de ses yeux le renseigne suffisamment. Mais pourquoi cette tendresse est-elle désolée ?... Voilà peut-être ce qu'il faut savoir et ce qui irrite déjà le jeune homme...

« Quand vous m'avez vu dans votre loge, c'était la première fois que vous m'aperceviez, Christine ? »

Celle-ci ne sait pas mentir. Elle dit :

« Non ! je vous avais déjà aperçu plusieurs fois dans la loge de votre frère. Et puis aussi sur le plateau.

— Je m'en doutais ! fait Raoul en se pinçant les lèvres. Mais pourquoi donc alors, quand vous m'avez vu dans votre loge, à vos genoux, et vous faisant souvenir que j'avais ramassé votre écharpe dans la mer, pourquoi avez-vous répondu comme si vous ne me connaissiez point et aussi avez-vous ri ? »

Le ton de ces questions est si rude que Christine regarde Raoul, étonnée, et ne lui répond pas. Le jeune homme est stupéfait lui-même de cette querelle subite, qu'il ose dans le moment même où il s'était promis de faire entendre à Christine des paroles de douceur, d'amour et de soumission. Un mari, un amant qui a tous les droits, ne parlerait pas autrement à sa femme ou à sa maîtresse qui l'aurait offensé. Mais il s'irrite lui-même de ses torts, et, se jugeant stupide, il ne trouve d'autre issue à cette ridicule situation que dans la décision farouche qu'il prend de se montrer odieux.

« Vous ne me répondez pas, fait-il rageur et malheureux. Eh bien, je vais répondre pour vous, moi ! C'est qu'il y avait quelqu'un dans cette loge qui vous gênait, Christine ! quelqu'un à qui vous ne vouliez point montrer que vous pouviez vous intéresser à une autre personne qu'à lui !...

— Si quelqu'un me gênait, mon ami ! interrompit Christine sur un ton glacé... si quelqu'un me gênait, ce soir-là, ce devait être vous, puisque c'est vous que j'ai mis à la porte !...

— Oui !... pour rester avec l'autre !...

— Que dites-vous, monsieur ? fait la jeune femme haletante... et de quel autre s'agit-il ici ?

— De celui à qui vous avez dit : « *Je ne chante que pour vous ! Je vous ai donné mon âme ce soir, et je suis morte !* »

Christine a saisi le bras de Raoul : elle l'étreint avec une force que l'on ne soupçonnerait point chez un être aussi fragile.

« Vous écoutiez donc derrière la porte ?

— Oui ! parce que je vous aime... Et j'ai tout entendu...

— Vous avez entendu quoi ? »

Et la jeune fille, redevenue étrangement calme, laisse le bras de Raoul.

« Il vous a dit : « *Il faut m'aimer !* »

A ces mots, une pâleur cadavérique se répand sur le visage de Christine, ses yeux se cernent... Elle chancelle, elle va tomber. Raoul se précipite, tend les bras, mais déjà Christine a surmonté cette défaillance passagère, et, d'une voix basse, presque expirante :

« Dites ! dites encore ! dites tout ce que vous avez entendu ! »

Raoul la regarde, hésite, ne comprend rien à ce qui se passe.

« Mais dites donc ! Vous voyez bien que vous me faites mourir !...

— J'ai entendu encore qu'il vous a répondu, quand vous lui eûtes dit que vous lui aviez donné votre âme : « *Ton âme est bien belle,*

mon enfant, et je te remercie. Il n'y a point d'empereur qui ait reçu un pareil cadeau ! Les anges ont pleuré ce soir ! »

Christine a porté la main sur son cœur. Elle fixe Raoul dans une émotion indescriptible. Son regard est tellement aigu, tellement fixe, qu'il paraît celui d'une insensée. Raoul est épouvanté. Mais voilà que les yeux de Christine deviennent humides et sur ses joues d'ivoire glissent deux perles, deux lourdes larmes...

« Christine !...

— Raoul !... »

Le jeune homme veut la saisir, mais elle lui glisse dans les mains et elle se sauve dans un grand désordre.

Pendant que Christine restait enfermée dans sa chambre, Raoul se faisait mille reproches de sa brutalité ; mais, d'autre part, la jalousie reprenait son galop dans ses veines en feu. Pour que la jeune fille eût montré une pareille émotion en apprenant que l'on avait surpris son secret, il fallait que celui-ci fût d'importance ! Certes, Raoul, en dépit de ce qu'il avait entendu, ne doutait point de la pureté de Christine. Il savait qu'elle avait une grande réputation de sagesse et il n'était point si novice qu'il ne comprît la nécessité où se trouve parfois une artiste d'entendre des propos d'amour. Elle y avait bien répondu en affirmant qu'elle avait donné son âme, mais de toute évidence, il ne s'agissait en tout ceci que de chant et de musique. De toute évidence ? Alors, pourquoi cet émoi tout à l'heure ? Mon Dieu, que Raoul était malheureux ! Et, s'il avait tenu l'homme, *la voix d'homme*, il lui aurait demandé des explications précises.

Pourquoi Christine s'est-elle enfuie ? Pourquoi ne descendait-elle point ?

Il refusa de déjeuner. Il était tout à fait marri et sa douleur était grande de voir s'écouler, loin de la jeune Suédoise, ces heures qu'il avait espérées si douces ? Que ne venait-elle avec lui parcourir le pays où tant de souvenirs leur étaient communs ? Et pourquoi, puisqu'elle semblait ne plus rien avoir à faire à Perros et, qu'en fait, elle n'y faisait rien, ne reprenait-elle point aussitôt le chemin de Paris ? Il avait appris que, le matin, elle avait fait dire une messe pour le repos de l'âme du père Daaé et qu'elle avait passé de longues heures en prière dans la petite église et sur la tombe du ménétrier.

Triste, découragé, Raoul s'en fut vers le cimetière qui entourait l'église. Il en poussa la porte. Il erra, solitaire, parmi les tombes, déchiffrant les inscriptions, mais, comme il arrivait derrière l'abside, il fut tout de suite renseigné par la note éclatante des fleurs qui soupiraient sur le granit tombal et débordaient jusque sur la terre blanche. Elles embaumaient tout ce coin glacé de l'hiver breton. C'étaient de miraculeuses roses rouges qui paraissaient écloses du matin, dans la neige. C'était un peu de vie chez les morts, car la mort, là, était partout. Elle aussi débordait de la terre qui avait rejeté son trop-plein de cadavres. Des squelettes et des crânes par centaines étaient entassés contre le mur de l'église, retenus simplement par un léger réseau de fils de fer qui laissait à découvert tout le macabre édifice. Les têtes de morts, empilées, alignées comme des briques, consolidées dans les intervalles par des os fort proprement blanchis, semblaient former la première assise sur laquelle on avait maçonné les murs de la sacristie. La porte de cette sacristie s'ouvrait au milieu de cet ossuaire, tel qu'on en voit beaucoup au long des vieilles églises bretonnes.

Raoul pria pour Daaé, puis, lamentablement impressionné par ces sourires éternels qu'ont les bouches des têtes de morts, il sortit du cimetière, remonta le coteau et s'assit au bord de la lande qui domine la mer. Le vent courait méchamment sur les grèves, aboyant après la pauvre et timide clarté du jour. Celle-ci céda, s'enfuit et ne fut plus qu'une raie livide à l'horizon. Alors, le vent se tut. C'était le soir. Raoul était enveloppé d'ombres glacées, mais il ne sentait pas le froid. Toute sa pensée errait sur la lande déserte et désolée, tout son souvenir. C'était là, à cette place, qu'il était venu souvent, à la tombée du jour, avec la petite Christine, pour voir danser les korrigans, juste au moment où la lune se lève. Pour son compte, il n'en avait jamais aperçu, et cependant, il avait de bons yeux. Christine, au contraire, qui était un peu myope, prétendait en avoir vu beaucoup. Il sourit à cette idée, et puis, tout à coup, il tressaillit. Une forme, une forme précise, mais qui était venue là sans qu'il sût comment, sans que le moindre bruit l'eût averti, une forme debout à ses côtés, disait :

« Croyez-vous que les korrigans viendront ce soir ? »

C'était Christine. Il voulut parler. Elle lui ferma la bouche de sa main gantée.

« Ecoutez-moi, Raoul, je suis résolue à vous dire quelque chose de grave, de très grave ! »

Sa voix tremblait. Il attendit.

Elle reprit, oppressée.

« Vous rappelez-vous, Raoul, la légende de l'Ange de la musique ?

— Si je m'en souviens, fit-il, je crois bien que c'est ici que votre père nous l'a contée pour la première fois.

— C'est encore ici qu'il m'a dit : « Quand je serai au ciel, mon enfant, je te l'enverrai. » Eh bien ! Raoul, mon père est au ciel et j'ai reçu la visite de l'Ange de la musique.

— Je n'en doute pas, » répliqua le jeune homme gravement, car il croyait comprendre que, dans une pensée pieuse, son amie mêlait le souvenir de son père à l'éclat de son dernier triomphe.

Christine parut légèrement étonnée du sang-froid avec lequel le vicomte de Chagny apprenait qu'elle avait reçu la visite de l'Ange de la musique.

« Comment l'entendez-vous, Raoul ? fit-elle, en penchant sa figure pâle si près du visage du jeune homme que celui-ci put croire que Christine allait lui donner un baiser, mais elle ne voulait que lire, malgré les ténèbres, dans ses yeux.

— J'entends, répliqua-t-il, qu'une créature humaine ne chante point comme vous avez chanté l'autre soir, sans qu'intervienne quelque miracle, sans que le ciel y soit pour quelque chose. Il n'est point de professeur sur la terre qui puisse vous apprendre des accents pareils. Vous avez entendu l'Ange de la musique, Christine.

— Oui, fit-elle solennellement, *dans ma loge*. C'est là qu'il vient me donner ses leçons quotidiennes. »

Le ton dont elle dit cela était si pénétrant et si singulier que Raoul la regarda inquiet, comme on regarde une personne qui dit une énormité ou affirme quelque vision folle à laquelle elle croit de toutes les forces de son pauvre cerveau malade. Mais elle s'était reculée et elle n'était plus, immobile, qu'un peu d'ombre dans la nuit.

« Dans votre loge ? répéta-t-il comme un écho stupide.

— Oui, c'est là que je l'ai entendu et je n'ai pas été seule à l'entendre...

— Qui donc l'a entendu encore, Christine ?

— Vous, mon ami.

— Moi ? j'ai entendu l'Ange de la musique ?

— Oui, l'autre soir, c'est lui qui parlait quand vous écoutiez derrière la porte de ma loge. C'est lui qui m'a dit : « Il faut m'aimer. » Mais je croyais bien être la seule à percevoir sa voix. Aussi, jugez de mon étonnement quand j'ai appris, ce matin, que vous pouviez l'entendre, vous aussi... »

Raoul éclata de rire. Et aussitôt, la nuit se dissipa sur la lande déserte et les premiers rayons de la lune vinrent envelopper les jeunes gens. Christine s'était retournée, hostile, vers Raoul. Ses yeux, ordinairement si doux, lançaient des éclairs.

« Pourquoi riez-vous ? Vous croyez peut-être avoir entendu une voix d'homme ?

— Dame ! répondit le jeune homme, dont les idées commençaient à se brouiller devant l'attitude de bataille de Christine.

— C'est vous, Raoul ! vous qui me dites cela ! un ancien petit compagnon à moi ! un ami de mon père ! Je ne vous reconnais plus ! Mais que croyez-vous donc ? Je suis une honnête fille, moi, monsieur le vicomte de Chagny, et je ne m'enferme point avec des voix d'homme, dans ma loge. Si vous aviez ouvert la porte, vous auriez vu qu'il n'y avait personne !

— C'est vrai ! Quand vous avez été partie, j'ai ouvert cette porte et je n'ai trouvé personne dans la loge...

— Vous voyez bien... alors ? »

Le vicomte fit appel à tout son courage.

« Alors, Christine, je pense qu'on se moque de vous ! »

Elle poussa un cri et s'enfuit. Il courut derrière elle, mais elle lui jeta, dans une irritation farouche :

« Laissez-moi ! laissez-moi ! »

Et elle disparut. Raoul rentra à l'auberge très las, très découragé et très triste.

Il apprit que Christine venait de monter dans sa chambre et qu'elle avait annoncé qu'elle ne descendrait pas pour dîner. Le jeune homme demanda si elle n'était point malade. La brave aubergiste lui répondit d'une façon ambiguë que, si elle était souffrante, ce devait être d'un mal qui n'était point bien grave, et, comme elle croyait à la fâcherie de deux amoureux, elle s'éloigna en haussant les épaules et en exprimant sournoisement la pitié qu'elle avait pour des jeunes gens qui gaspillaient en vaines querelles les heures que le bon Dieu leur a permis de passer sur la terre. Raoul dîna tout seul, au coin de l'âtre et, comme vous pensez bien, de façon fort maussade. Puis, dans sa chambre, il essaya de lire, puis, dans son lit, il essaya de dormir. Aucun bruit ne se faisait entendre dans l'appartement à côté. Que faisait Christine ? Dormait-elle ? Et si elle ne dormait point, à quoi pensait-elle ? Et lui, à quoi pensait-il ? Eût-il été seulement capable de le dire ? La conversation étrange qu'il avait eue avec Christine l'avait tout à fait troublé !... Il pensait moins à Christine qu'*autour* de Christine, et cet « autour » était si diffus, si nébuleux, si insaisissable, qu'il en éprouvait un très curieux et très angoissant malaise.

Ainsi, les heures passaient très lentes ; il pouvait être onze heures et demie de la nuit quand il entendit distinctement marcher dans la chambre voisine de la sienne. C'était un pas léger, furtif. Christine ne s'était donc pas couchée ? Sans raisonner ses gestes, le jeune homme s'habilla à la hâte, en prenant garde de faire le moindre bruit. Et, prêt à tout, il attendit. Prêt à quoi ? Est-ce qu'il savait ? Son cœur bondit quand il entendit la porte de Christine tourner lentement sur ses gonds. Où allait-elle à cette heure où tout reposait dans Perros ? Il entr'ouvrit tout doucement sa porte et put voir, dans un rayon de lune, la forme blanche de Christine qui glissait précautionneusement dans le corridor. Elle atteignit l'escalier ; elle descendit, et, lui, au-dessus d'elle, se pencha sur la rampe. Soudain, il entendit deux voix qui s'entretenaient rapidement. Une phrase lui arriva :

« Ne perdez pas la clef. »

C'était la voix de l'hôtesse. En bas, on ouvrit la porte qui donnait sur la rade. On la referma. Et tout rentra dans le calme. Raoul revint aussitôt dans sa chambre et courut à sa fenêtre qu'il ouvrit. La forme blanche de Christine se dressait sur le quai désert.

Ce premier étage de l'auberge du Soleil-Couchant n'était guère élevé et un arbre en espalier qui tendait ses branches aux bras impatients de Raoul permit à celui-ci d'être dehors sans que l'hôtesse pût soupçonner son absence. Aussi, quelle ne fut pas la stupéfaction de la brave dame, le lendemain matin, quand on lui apporta le jeune homme quasi glacé, plus mort que vif, et qu'elle apprit qu'on l'avait trouvé étendu tout de son long sur les marches du maître-autel de la petite église de Perros. Elle courut apprendre presto la nouvelle à Christine, qui descendit en hâte et prodigua, aidée de l'aubergiste, ses soins inquiets au jeune homme qui ne tarda point à ouvrir les yeux et revint tout à fait à la vie en apercevant au-dessus de lui le charmant visage de son amie.

Que s'était-il donc passé ? M. le commissaire Mifroid eut l'occasion, quelques semaines plus tard, quand le drame de l'Opéra entraîna l'action du ministère public, d'interroger le vicomte de Chagny sur les événements de la nuit de Perros, et voici de quelle sorte ceux-ci furent transcrits sur les feuilles du dossier d'enquête. (Cote 150.)

Demande. — Mlle Daaé ne vous avait pas vu descendre de votre chambre par le singulier chemin que vous aviez choisi ?

Réponse. — Non, monsieur, non, non. Cependant, j'arrivai derrière elle en négligeant d'étouffer le bruit de mes pas. Je ne demandais alors qu'une chose, c'est qu'elle se retournât, qu'elle me vît et qu'elle me reconnût. Je venais de me dire, en effet, que ma poursuite était tout à fait incorrecte et que la façon d'espionnage à laquelle je me livrais était indigne de moi. Mais elle ne sembla point m'entendre et, de fait, elle agit comme si je n'avais pas été là. Elle quitta tranquillement le quai et puis, tout à coup, remonta rapidement le chemin. L'horloge de l'église venait de sonner minuit moins un quart, et il me parut que le son de l'heure avait déterminé la hâte de sa course, car elle se prit à courir. Ainsi arriva-t-elle à la porte du cimetière.

D. — La porte du cimetière était-elle ouverte ?

R. — Oui, monsieur, et cela me surprit, mais ne parut nullement étonner Mlle Daaé.

D. — Il n'y avait personne dans le cimetière ?

R. — Je ne vis personne. S'il y avait eu quelqu'un, je l'aurais vu. La lumière de la lune était éblouissante et la neige qui couvrait la terre, en nous renvoyant ses rayons, faisait la nuit plus claire encore.

D. — On ne pouvait pas se cacher derrière les tombes ?

R. — Non, monsieur. Ce sont de pauvres pierres tombales qui disparaissaient sous la couche de neige et qui alignaient leurs croix au ras du sol. Les seules ombres étaient celles de ces croix et les deux nôtres. L'église était toute éblouissante de clarté. Je n'ai jamais vu une pareille lumière nocturne. C'était très beau, très transparent et très froid. Je n'étais jamais allé la nuit dans les cimetières, et j'ignorais qu'on pût y trouver une semblable lumière, « une lumière qui ne pèse rien ».

D. — Vous êtes superstitieux ?

R. — Non, monsieur, je suis croyant.

D. — Dans quel état d'esprit étiez-vous ?

R. — Très sain et très tranquille, ma foi. Certes, la sortie insolite de Mlle Daaé m'avait tout d'abord profondément troublé ; mais aussitôt que je vis la jeune fille pénétrer dans le cimetière, je me dis qu'elle y venait accomplir quelque vœu sur la tombe paternelle, et je trouvai la chose si naturelle que je reconquis tout mon calme. J'étais simplement étonné qu'elle ne m'eût pas encore entendu marcher derrière elle, car la neige craquait sous mes pas. Mais, sans doute, était-elle toute absorbée par sa pensée pieuse. Je résolus du reste de ne la point troubler et, quand elle fut parvenue à la tombe de son père, je restai à quelques pas derrière elle. Elle s'agenouilla dans la neige, fit le signe de la croix et commença de prier. A ce moment, minuit sonna. Le douzième coup tintait encore à mon oreille quand, soudain, je vis la jeune fille relever la tête ; son regard fixa la voûte céleste, ses bras se tendirent vers l'astre des nuits ; elle me parut en extase et je me demandais encore quelle avait été la raison subite et déterminante de cette extase quand moi-même je relevai la tête, je jetai autour de moi un regard éperdu et tout mon être se tendit vers l'Invisible, *l'invisible qui nous jouait de la musique*. Et quelle musique ! Nous la connaissions déjà ! Christine et moi l'avions déjà entendue en notre jeunesse. Mais jamais sur le violon du père Daaé, elle ne s'était exprimée avec un art aussi divin. Je ne pus mieux faire, en cet instant, que de me rappeler tout ce que Christine venait de me dire de l'Ange de la musique, et je ne sus trop que penser de ces sons inoubliables qui, s'ils ne descendaient pas du ciel, laissaient ignorer leur origine sur terre. Il n'y avait point là d'instrument ni de main pour conduire l'archet. Oh ! je me rappelai l'admirable mélodie. C'était la *Résurrection de Lazare*, que le père Daaé nous jouait dans ses heures de tristesse et de foi. L'ange de Christine aurait existé qu'il n'aurait pas mieux joué cette nuit-là avec le violon du défunt ménétrier. L'invocation de Jésus nous ravissait à la terre, et, ma foi, je m'attendis presque à voir se soulever la pierre du tombeau du père de Christine. L'idée me vint aussi que Daaé avait été enterré avec son violon et, en vérité, je ne sais point jusqu'où, dans cette minute funèbre et rayonnante, au fond de ce petit dérobé cimetière de province, à côté de ces têtes de mort qui nous riaient de toutes leurs mâchoires immobiles, non, je ne sais point jusqu'où s'en fut mon imagination, ni où elle s'arrêta.

« Mais la musique s'était tue et je retrouvai mes sens. Il me sembla entendre du bruit du côté des têtes de morts de l'ossuaire.

D. — Ah ! ah ! vous avez entendu du bruit du côté de l'ossuaire ?

R. — Oui, il m'a paru que les têtes de morts ricanaient maintenant et je n'ai pu m'empêcher de frissonner.

D. — Vous n'avez point pensé tout de suite que, derrière l'ossuaire, pouvait se cacher justement le musicien céleste qui venait de tant vous charmer ?

R. — J'ai si bien pensé cela, que je n'ai plus pensé qu'à cela, monsieur le commissaire, et que j'en oubliai de suivre Mlle Daaé qui venait de se relever et gagnait tranquillement la porte du cimetière. Quant à elle, elle était tellement absorbée, qu'il n'est point étonnant qu'elle ne m'ait pas aperçu. Je ne bougeai point, les yeux fixés vers l'ossuaire, décidé à aller jusqu'au bout de cette incroyable aventure et d'en connaître le fin mot.

D. — Et alors, qu'arriva-t-il pour qu'on vous ait retrouvé au matin, étendu à demi-mort, sur les marches du maître-autel ?

R. — Oh ! ce fut rapide... Une tête de mort roula à mes pieds... puis une autre... puis une autre... On eût dit que j'étais le but de ce funèbre jeu de boules. Et j'eus cette imagination qu'un faux mouvement avait dû détruire l'harmonie de l'échafaudage derrière lequel se dissimulait notre musicien. Cette hypothèse m'apparut d'autant plus raisonnable qu'une ombre glissa tout à coup sur le mur éclatant de la sacristie.

« Je me précipitai. L'ombre avait déjà, poussant la porte, pénétré dans l'église. J'avais des ailes, l'ombre avait un manteau. Je fus assez rapide pour saisir un coin du manteau de l'ombre. A ce moment, nous étions, l'ombre et moi, juste devant le maître-autel et les rayons de la lune, à travers le grand vitrail de l'abside, tombaient droit devant nous. Comme je ne lâchai point le manteau, l'ombre se retourna et, le manteau dont elle était enveloppée s'étant entr'ouvert, je vis, monsieur le juge, comme je vous vois, une effroyable tête de mort qui dardait sur moi un regard où brûlaient les feux de l'enfer. Je crus avoir affaire à Satan lui-même et, devant cette apparition d'outre-tombe, mon cœur, malgré tout son courage, défaillit, et je n'ai plus souvenir de rien jusqu'au moment où je me réveillai dans ma petite chambre de l'auberge du Soleil-Couchant. »

VII

UNE VISITE A LA LOGE Nº 5

Nous avons quitté MM. Firmin Richard et Armand Moncharmin dans le moment qu'ils se décidaient à aller faire une petite visite à la première loge nº 5.

Ils ont laissé derrière eux le large escalier qui conduit du vestibule de l'administration à la scène et ses dépendances ; ils ont traversé la scène (le plateau), ils sont entrés dans le théâtre par l'entrée des abonnés, puis, dans la salle, par le premier couloir à gauche. Ils se sont alors glissés entre les premiers rangs des fauteuils d'orchestre et ont regardé la première loge n° 5. Ils la virent mal à cause qu'elle était plongée dans une demi-obscurité et que d'immenses housses étaient jetées sur le velours rouge des appuis-mains.

A ce moment, ils étaient presque seuls dans l'immense vaisseau ténébreux et un grand silence les entourait. C'était l'heure tranquille où les machinistes vont boire.

L'équipe avait momentanément vidé le plateau, laissant un décor moitié planté ; quelques rais de lumière (une lumière blafarde, sinistre, qui semblait volée à un astre moribond) s'étaient insinués par on ne sait quelle ouverture, jusqu'à une vieille tour qui dressait ses créneaux en carton sur la scène ; les choses, dans cette nuit factice, ou plutôt dans ce jour menteur, prenaient d'étranges formes. Sur les fauteuils de l'orchestre, la toile qui les recouvrait avait l'apparence d'une mer en furie, dont les vagues glauques avaient été instantanément immobilisées sur l'ordre secret du géant des tempêtes, qui, comme chacun sait, s'appelle Adamastor. MM. Moncharmin et Richard étaient les naufragés de ce bouleversement immobile d'une mer de toile peinte. Ils avançaient vers les loges de gauche, à grandes brassées, comme des marins qui ont abandonné leur barque et cherchent à gagner le rivage. Les huit grandes colonnes en échaillon poli se dressaient dans l'ombre comme autant de prodigieux pilotis destinés à soutenir la falaise menaçante, croulante et ventrue, dont les assises étaient figurées par les lignes circulaires, parallèles et fléchissantes des balcons des premières, deuxièmes et troisièmes loges. Du haut, tout en haut de la falaise, perdues dans le ciel de cuivre de M. Lenepveu, des figures grimaçaient, ricanaient, se moquaient, se gaussaient de l'inquiétude de MM. Moncharmin et Richard. C'étaient pourtant des figures fort sérieuses à l'ordinaire. Elles s'appelaient : Isis, Amphitrite, Hébé, Flore, Pandore, Psyché, Thétis, Pomone, Daphné, Clythie, Galathée, Aréthuse. Oui, Aréthuse elle-même et Pandore, que tout le monde connaît à cause de sa boîte, regardaient les deux nouveaux directeurs de l'Opéra qui avaient fini par s'accrocher à quelque épave, et qui, de là, contemplaient en silence la première loge n° 5. J'ai dit qu'ils étaient inquiets. Du moins, je le présume. M. Moncharmin, en

tout cas, avoue qu'il était impressionné. Il dit textuellement : « Cette « balançoire » (quel style !) du fantôme de l'Opéra, sur laquelle on nous avait si gentiment fait monter, depuis que nous avions pris la succession de MM. Poligny et Debienne, avait fini sans doute par troubler l'équilibre de mes facultés imaginatives, et, à tout prendre, visuelles, car (était-ce le décor exceptionnel dans lequel nous nous mouvions, au centre d'un incroyable silence qui nous impressionna à ce point ?... fûmes-nous le jouet d'une sorte d'hallucination rendue possible par la quasi-obscurité de la salle et la pénombre qui baignait la loge n° 5 ?) car j'ai vu et Richard aussi a vu, dans le même moment, une forme dans la loge n° 5. Richard n'a rien dit ; moi, non plus, du reste. Puis, nous avons attendu quelques minutes ainsi, sans bouger, les yeux toujours fixés sur le même point : mais la forme avait disparu. Alors, nous sommes sortis et, dans le couloir, nous nous sommes fait part de nos impressions et nous avons parlé de *la forme*. Le malheur est que ma forme, à moi, n'était pas du tout la forme de Richard. Moi, j'avais vu comme une forme de vieille femme qui ressemblait à la mère Giry. Si bien que nous vîmes que nous avions été réellement le jouet d'une illusion et que nous courûmes sans plus tarder et en riant comme des fous à la première loge n° 5, dans laquelle nous entrâmes et dans laquelle nous ne trouvâmes plus aucune forme. »

Et maintenant nous voici dans la loge n° 5.

C'est une loge comme toutes les autres premières loges. En vérité, rien ne distingue cette loge de ses voisines.

MM. Moncharmin et Richard, s'amusant ostensiblement et riant l'un de l'autre, remuaient les meubles de la loge, soulevaient les housses et les fauteuils et examinaient en particulier celui sur lequel *la voix avait l'habitude de s'asseoir*. Mais ils constatèrent que c'était un honnête fauteuil, qui n'avait rien de magique. En somme, la loge était la plus ordinaire des loges, avec sa tapisserie rouge, ses fauteuils, sa carpette et son appui-main en velours rouge. Après avoir tâté le plus sérieusement du monde la carpette et n'avoir, de ce côté comme des autres, rien découvert de spécial, ils descendirent dans la baignoire du dessous, qui

Universal Film.

Les costumes multicolores des masques s'étalaient au long des degrés de marbre, dans l'un des plus somptueux décors du monde.

Le Fantôme de l'Opéra. — VIII.

Christine, ayant aperçu le funèbre personnage dont le déguisement faisait sensation (3 et 4) entraîna Raoul loin du foyer (1). — Le jeune homme voulant poursuivre la Mort rouge, elle s'y oppose « au nom de leur amour » (2 et 5)

Universal Film.

L'homme à la tête de mort, au chapeau à plumes et au vêtement écarlate traînait derrière lui un immense manteau de velours rouge.

XI.

correspondait à la loge n° 5. Dans la baignoire n° 5, qui est juste au coin de la première sortie de gauche des fauteuils d'orchestre, ils ne trouvèrent rien non plus qui méritât d'être signalé.

« Tous ces gens-là se moquent de nous, finit par s'écrier Firmin Richard ; samedi, on joue *Faust*, nous assisterons à la représentation tous les deux dans la première loge n° 5 ! »

VIII

OU MM. FIRMIN RICHARD ET ARMAND MONCHARMIN ONT L'AUDACE DE FAIRE REPRÉSENTER « FAUST » DANS UNE SALLE « MAUDITE » ET DE L'EFFROYABLE ÉVÉNEMENT QUI EN RÉSULTA.

Mais le samedi matin, en arrivant dans leur bureau, les directeurs trouvèrent une double lettre de F. de l'O. ainsi conçue :

« Mes chers directeurs,

« Si vous tenez encore à la paix, voici mon ultimatum.

« Il est aux quatre conditions suivantes :

« 1° Me rendre ma loge — et je veux qu'elle soit à ma libre disposition dès maintenant ;

« 2° Le rôle de « Marguerite » sera chanté ce soir par Christine Daaé. Ne vous occupez pas de la Carlotta, qui sera malade ;

« 3° Je tiens absolument aux bons et loyaux service de Mme Giry, mon ouvreuse, que vous réintégrerez immédiatement dans ses fonctions ;

« 4° Faites-moi connaître par une lettre remise à Mme Giry, qui me la fera parvenir, que vous acceptez, comme vos prédécesseurs, les conditions de mon cahier des charges relatives à mon indemnité mensuelle. Je vous ferai savoir ultérieurement dans quelle forme vous aurez à me la verser.

« *Sinon, vous donnerez Faust, ce soir, dans une salle maudite.*

« A bon entendeur, salut !

« F. DE L'O. »

« Eh bien ! il m'embête, moi !... Il m'embête ! » hurla Richard, en dressant ses poings

vengeurs et en les laissant retomber avec fracas sur la table de son bureau.

Sur ces entrefaites, Mercier, l'administrateur, entra :

« Lachenal voudrait voir l'un de ces messieurs, dit-il. Il paraît que l'affaire est urgente et le bonhomme me paraît tout bouleversé.

— Qui est-ce, Lachenal ? interrogea Richard.

— C'est votre écuyer en chef.

— Comment ! mon écuyer en chef ?

— Mais oui, monsieur, expliqua Mercier... il y a à l'Opéra plusieurs écuyers, et M. Lachenal est leur chef.

— Et qu'est-ce qu'il fait, cet écuyer ?

— Il a la haute direction de l'écurie.

— Quelle écurie ?

— Mais la vôtre, monsieur, l'écurie de l'Opéra.

— Il y a une écurie, à l'Opéra ? Ma foi, je n'en savais rien ! Et où se trouve-t-elle ?

— Dans les dessous, du côté de la Rotonde. C'est un service très important, nous avons douze chevaux.

— Douze chevaux ! Et pourquoi faire, grand Dieu ?

— Mais pour les défilés de la *Juive*, du *Prophète*, etc., il faut des chevaux dressés et qui « connaissent les planches ». Les écuyers sont chargés de les leur apprendre. M. Lachenal y est fort habile. C'est l'ancien directeur des écuries de Franconi.

— Très bien... mais qu'est-ce qu'il me veut ?

— Je n'en sais rien... Je ne l'ai jamais vu dans un état pareil.

— Faites-le entrer !... »

M. Lachenal entre. Il a une cravache à la main et en cingle nerveusement l'une de ses bottes.

— Bonjour, monsieur Lachenal, fit Richard impressionné. Qu'est-ce qui nous vaut l'honneur de votre visite ?

— Monsieur le directeur, je viens vous demander de mettre toute l'écurie à la porte.

— Comment ! vous voulez mettre à la porte nos chevaux ?

— Il ne s'agit pas des chevaux, mais des palefreniers.

— Combien avez-vous de palefreniers, monsieur Lachenal ?

— Six !

— 41 —

— Six palefreniers ! C'est au moins trop de deux !

— Ce sont là des « places », interrompit Mercier, qui ont été créées et qui nous ont été imposées par le sous-secrétariat des Beaux-Arts. Elles sont occupées par des protégés du gouvernement, et si j'ose me permettre...

— Le gouvernement, je m'en fiche !... affirma Richard avec énergie. Nous n'avons pas besoin de plus de quatre palefreniers pour douze chevaux.

— Onze ! rectifia M. l'écuyer en chef.

— Douze ! répéta Richard.

— Onze ! répète Lachenal.

— Ah ! c'est M. l'administrateur qui m'avait dit que vous aviez douze chevaux !

— J'en avais douze, mais je n'en ai plus que onze depuis que l'on nous a volé César ! »

Et M. Lachenal se donne un grand coup de cravache sur la botte.

« On nous a volé César, s'écria M. l'administrateur ; César, le cheval blanc du *Prophète !*

— Il n'y a pas deux Césars ! déclara d'un ton sec M. l'écuyer en chef. J'ai été dix ans chez Franconi et j'en ai vu, des chevaux ! Eh bien ! il n'y a pas deux Césars ! Et on nous l'a volé.

— Comment cela ?

— Eh ! je n'en sais rien ! Personne n'en sait rien ! Voilà pourquoi je viens vous demander de mettre toute l'écurie à la porte.

— Qu'est-ce qu'ils disent, vos palefreniers ?

— Des bêtises... les uns accusent des figurants... les autres prétendent que c'est le concierge de l'administration.

— Le concierge de l'administration ? J'en réponds comme de moi-même ! protesta Mercier.

— Mais enfin, monsieur le premier écuyer, s'écria Richard, vous devez avoir une idée !...

— Eh bien ! oui, j'en ai une ! J'en ai une ! déclara tout à coup M. Lachenal, et je vais vous la dire. Pour moi, il n'y a pas de doute. »

M. le premier écuyer se rapprocha de MM. les directeurs et leur glissa à l'oreille :

« *C'est le fantôme qui a fait le coup !* »

Richard sursauta.

« Ah ! vous aussi ! vous aussi !

— Comment ! moi aussi ? C'est bien la chose la plus naturelle...

— Mais comment donc ! monsieur Lachenal ! mais comment donc, monsieur le premier écuyer...

— ... Que je vous dise ce que je pense, après ce que j'ai vu...

— Et qu'avez-vous vu, monsieur Lachenal ?

— J'ai vu, comme je vous vois, une ombre noire qui montait un cheval blanc qui ressemblait comme deux gouttes d'eau à César !

— Et vous n'avez pas couru après ce cheval blanc et cette ombre noire ?

— J'ai couru et j'ai appelé, monsieur le directeur, mais ils se sont enfuis avec une rapidité déconcertante et ont disparu dans la nuit de la galerie...

M. Richard se leva :

« C'est bien, monsieur Lachenal. Vous pouvez, vous retirer... nous allons déposer une plainte contre le *fantôme*...

— Et vous allez fiche mon écurie à la porte !

— C'est entendu ! Au revoir, monsieur ! »

M. Lachenal salua et sortit.

Richard écumait.

« Vous allez régler le compte de cet imbécile !

— C'est un ami de M. le commissaire du gouvernement ! osa Mercier...

— Et il prend son apéritif à Tortoni avec Lagréné, Scholl et Pertuiset, le tueur de lions, ajouta Moncharmin. Nous allons nous mettre toute la presse à dos ! Il racontera l'histoire du fantôme et tout le monde s'amusera à nos dépens ! Si nous sommes ridicules, nous sommes morts !

— C'est bien, n'en parlons plus... » concéda Richard, qui déjà songeait à autre chose.

A ce moment, la porte s'ouvrit et, sans doute, cette porte n'était-elle point alors défendue par son cerbère ordinaire, car on vit mame Giry entrer tout de go, une lettre à la main, et dire précipitamment :

« Pardon, excuse, messieurs, mais j'ai reçu ce matin une lettre du fantôme de l'Opéra. Il me dit de passer chez vous, que vous avez censément quelque chose à me... »

Elle n'acheva pas sa phrase. Elle vit la figure de Firmin Richard, et c'était terrible. L'honorable directeur de l'Opéra était prêt à éclater. La fureur dont il était agité ne se traduisait encore à l'extérieur que par la couleur écarlate de sa face furibonde et par l'éclair de ses yeux fulgurants. Il ne dit rien. Il ne pouvait pas parler. Mais, tout à coup, son geste partit. Ce fut d'abord le bras gauche qui entreprit la falote personne de mame Giry et lui fit décrire un demi-tour si inattendu, une pirouette si rapide, que celle-ci en poussa une clameur désespérée, et puis, ce fut le pied droit, le pied droit du même honorable directeur qui alla imprimer sa semelle sur le taffetas noir d'une jupe qui, certainement, n'avait pas encore, en pareil endroit, subi un pareil outrage.

L'événement avait été si précipité que mame Giry, quand elle se retrouva dans la galerie, en était comme étourdie encore et semblait ne pas comprendre. Mais, soudain, elle comprit, et l'Opéra retentit de ses cris indignés, de ses protestations farouches, de ses menaces de mort. Il fallut trois garçons pour la descendre dans la cour de l'administration et deux agents pour la porter dans la rue.

A peu près à la même heure, la Carlotta, qui habitait un petit hôtel de la rue du Faubourg-Saint-Honoré, sonnait sa femme de chambre et se faisait apporter au lit son courrier. Dans ce courrier, elle trouvait une lettre anonyme où on lui disait :

« Si vous chantez ce soir, craignez qu'il ne vous arrive un grand malheur au moment où vous chanterez... un malheur pire que la mort. »

Cette menace était tracée à l'encre rouge, d'une écriture hésitante et bâtonnante.

Ayant lu cette lettre, la Carlotta n'eut plus d'appétit pour déjeuner. Elle repoussa le plateau sur lequel la camériste lui présentait le chocolat fumant. Elle s'assit sur son lit et réfléchit profondément. Ce n'était point la première lettre de ce genre qu'elle recevait, mais jamais encore elle n'en avait lu d'aussi menaçante.

Elle se croyait en butte, à ce moment, aux mille entreprises de la jalousie et racontait couramment qu'elle avait un ennemi secret qui avait juré sa perte. Elle prétendait qu'il se tramait contre elle quelque méchant complot, quelque cabale qui éclaterait un de ces jours ; mais elle n'était point femme à se laisser intimider, ajoutait-elle.

La vérité était que, si cabale il y avait, celle-ci était menée par la Carlotta elle-même contre la pauvre Christine, qui ne s'en doutait guère. La Carlotta n'avait point pardonné à Christine le triomphe que celle-ci avait remporté en la remplaçant au pied levé.

Quand on lui avait appris l'accueil extraordinaire qui avait été fait à sa remplaçante, la Carlotta s'était sentie instantanément guérie d'un commencement de bronchite et d'un accès de bouderie contre l'administration, et elle n'avait plus montré la moindre velléité de quitter son emploi. Depuis, elle avait travaillé de toutes ses forces à « étouffer » sa rivale, faisant agir des amis puissants auprès des directeurs pour qu'ils ne donnassent plus à Christine l'occasion d'un nouveau triomphe. Certains journaux qui avaient commencé à chanter le talent de Christine ne s'occupèrent plus que de la gloire de Carlotta. Enfin, au théâtre même, la célèbre diva tenait sur Christine les propos les plus outrageants et essayait de lui causer mille petits désagréments.

La Carlotta n'avait ni cœur ni âme. Ce n'était qu'un instrument. Certes, un merveilleux instrument. Son répertoire comprenait tou ce qui peut tenter l'ambition d'une grande artiste, aussi bien chez les maîtres allemands que chez les Italiens ou les Français. Jamais, jusqu'à ce jour, on n'avait entendu la Carlotta chanter faux, ni manquer du volume de voix nécessaire à la traduction d'aucun passage de son répertoire immense. Bref, l'instrument était étendu, puissant et d'une justesse admirable. Mais nul n'aurait pu dire à Carlotta ce que Rossini disait à la Krauss, après qu'elle eût chanté pour lui en allemand « Sombres forêts ?... » : « Vous chantez, avec votre âme, ma fille, et votre âme est belle ! »

Où était ton âme, ô Carlotta, quand tu dansais dans les bouges de Barcelone ? Où était-elle, quand plus tard, à Paris, tu as chanté sur de tristes tréteaux tes couplets cyniques de bacchante de music-hall ? Où ton âme, quand, devant les maîtres assemblés chez un de tes amants, tu faisais résonner cet instrument docile, dont le merveilleux était qu'il chantait avec la même perfection indifférente le sublime amour et la plus basse orgie ? O Carlotta, si jamais tu avais une âme et que tu l'eusses perdue alors, tu l'aurais retrouvée, quand tu devins Juliette, quand tu fus Elvire, et Ophélie, et Marguerite ! Car d'autres sont montées de plus bas que toi et que l'art, aidé de l'amour, a purifiées !

En vérité, quand je songe à toutes les petitesses, les vilenies dont Christine Daaé eut à souffrir, à cette époque, de la part de cette Carlotta, je ne puis retenir mon courroux, et il ne m'étonne point que mon indignation se traduise par des aperçus un peu vastes sur l'art en général, et celui du chant en particulier, où les admirateurs de la Carlotta ne trouveront certainement point leur compte.

Quand la Carlotta eut fini de réfléchir à la menace de la lettre étrange qu'elle venait de recevoir, elle se leva.

« On verra bien », dit-elle... Et elle prononça, en espagnol, quelques serments, d'un air fort résolu.

La première chose qu'elle vit en mettant son nez à la fenêtre fut un corbillard. Le corbillard et la lettre la persuadèrent qu'elle courait, ce soir-là, les plus sérieux dangers. Elle réunit chez elle le ban et l'arrière-ban de ses amis, leur apprit qu'elle était menacée, à la représentation du soir, d'une cabale organisée par Christine Daaé, et déclara qu'il fallait faire pièce à cette petite en remplissant la salle de ses propres admirateurs, à elle, la Carlotta. Elle n'en manquait pas, n'est-ce pas ? Elle comptait sur eux pour se tenir prêts à toute éventualité et faire taire les perturbateurs, si, comme elle le craignait, ils déchaînaient le scandale.

Le secrétaire particulier de M. Richard, étant venu prendre des nouvelles de la santé de la diva, s'en retourna avec l'assurance qu'elle se portait à merveille et que, « fût-elle à l'agonie », elle chanterait le soir même le rôle de Marguerite. Comme le secrétaire avait, de la part de son chef, recommandé fortement à la diva de ne commettre aucune imprudence, de ne point sortir de chez elle, et de se garer des courants d'air, la Carlotta ne put s'empêcher, après son départ, de rapprocher ces recommandations exceptionnelles et inattendues des menaces inscrites dans la lettre.

Il était cinq heures, quand elle reçut par le courrier une nouvelle lettre anonyme de la même écriture que la première. Elle était brève. Elle disait simplement : « Vous êtes enrhumée ; si vous étiez raisonnable, vous comprendriez que c'est folie de vouloir chanter ce soir. »

La Carlotta ricana, haussa ses épaules, qui étaient magnifiques, et lança deux ou trois notes qui la rassurèrent.

Ses amis furent fidèles à leur promesse. Ils étaient tous, ce soir-là, à l'Opéra, mais c'est en vain qu'ils cherchèrent autour d'eux ces féroces conspirateurs qu'ils avaient mission de combattre. Si l'on en exceptait quelques profanes, quelques honnêtes bourgeois dont la figure placide ne reflétait d'autre dessein que celui de réentendre une musique qui, depuis longtemps déjà, avait conquis leurs suffrages, il n'y avait là que des habitués dont les mœurs élégantes, pacifiques et correctes, écartaient toute idée de manifestation. La seule chose qui paraissait anormale était la présence de MM. Richard et Moncharmin dans la loge n° 5. Les amis de la Carlotta pensèrent que, peut-être, messieurs les directeurs avaient eu, de leur côté, vent du scandale projeté et qu'ils avaient tenu à se rendre dans la salle pour l'arrêter sitôt qu'il éclaterait, mais c'était là une hypothèse injustifiée, comme vous le savez ; MM. Richard et Moncharmin ne pensaient qu'à leur fantôme.

Rien ?... En vain j'interroge en une ardente veille
La Nature et le Créateur.
Pas une voix ne glisse à mon oreille
Un mot consolateur !...

Le célèbre ténor Carolus Fonta venait à peine de lancer le premier appel du docteur Faust aux puissances de l'enfer, que M. Firmin Richard, qui s'était assis sur la chaise même du fantôme — la chaise de droite, au premier rang — se penchait, de la meilleure humeur du monde, vers son associé, et lui disait :

« Et toi, est-ce qu'une voix a déjà glissé un mot à ton oreille ?

— Attendons ! ne soyons pas trop pressés, répondait sur le même ton plaisant M. Armand Moncharmin. La représentation ne fait que commencer et tu sais bien que le fantôme n'arrive ordinairement que vers le milieu du premier acte.

Le premier acte se passa sans incident, ce qui n'étonna point les amis de Carlotta, puisque Marguerite, à cet acte, ne chante point. Quant aux deux directeurs, au baisser du rideau, ils se regardèrent en souriant :

« Et d'un ! fit Moncharmin.

— Oui, le fantôme est en retard, déclara Firmin Richard.

Moncharmin, toujours badinant, reprit :

« En somme, la salle n'est pas trop mal composée ce soir *pour une salle maudite.* »

M. Richard daigna sourire. Il désigna à son collaborateur une bonne grosse dame assez vulgaire vêtue de noir qui était assise dans un fauteuil au milieu de la salle et qui était flanquée de deux hommes, d'allure fruste dans leurs redingotes en drap d'habit.

« Qu'est-ce que c'est que ce « monde-là » ? demanda Moncharmin.

— Ce monde-là, mon cher, c'est ma concierge, son frère et son mari.

— Tu leur as donné des billets ?

— Ma foi oui... Ma concierge n'était jamais allée à l'Opéra... c'est la première fois... et comme, maintenant, elle doit y venir tous les soirs, j'ai voulu qu'elle fût bien placée avant de passer son temps à placer les autres. »

Moncharmin demanda des explications et Richard lui apprit qu'il avait décidé, pour quelque temps, sa concierge, en laquelle il avait la plus grande confiance, à venir prendre la place de mam'Giry.

« A propos de la mère Giry, fit Moncharmin, tu sais qu'elle va porter plainte contre toi.

— Auprès de qui ? Auprès du fantôme ? »

Le fantôme ! Moncharmin l'avait presque oublié.

Du reste, le mystérieux personnage ne faisait rien pour se rappeler au souvenir de MM. les directeurs.

Soudain, la porte de leur loge s'ouvrit brusquement devant le régisseur effaré.

« Qu'y a-t-il ? demandèrent-ils tous deux, stupéfaits de voir celui-ci en pareil endroit, en ce moment.

— Il y a, dit le régisseur, qu'une cabale est montée par les amis de Christine Daaé contre la Carlotta. Celle-ci est furieuse.

— Qu'est-ce que c'est encore que cette histoire-là ? » fit Richard en fronçant les sourcils.

Mais le rideau se levait sur la Kermesse et le directeur fit signe au régisseur de se retirer.

Quand le régisseur eut vidé la place, Moncharmin se pencha à l'oreille de Richard :

« Daaé a donc des amis ? demanda-t-il.

— Oui, fait Richard, elle en a.

— Qui ? »

Richard désigna du regard une première loge dans laquelle il n'y avait que deux hommes.

« Le comte de Chagny ?

— Oui, il me l'a recommandée... si chaleureusement, que si je ne le savais pas l'ami de la Sorelli...

— Tiens ! tiens !... murmura Moncharmin. Et qui donc est ce jeune homme si pâle, assis à côté de lui ?

— C'est son frère, le vicomte.

— Il ferait mieux d'aller se coucher. Il a l'air malade. »

La scène résonnait de chants joyeux. L'ivresse en musique. Triomphe du gobelet.

> Vin ou bière,
> Bière ou vin,
> Que mon verre
> Soit plein !

Etudiants, bourgeois, soldats, jeunes filles et matrones, le cœur allègre, tourbillonnaient devant le cabaret à l'enseigne du dieu Bacchus. Siebel fit son entrée.

Christine Daaé était charmante en travesti. Sa fraîche jeunesse, sa grâce mélancolique séduisaient à première vue. Aussitôt, les partisans de la Carlotta s'imaginèrent qu'elle allait être saluée d'une ovation qui les renseignerait sur les intentions de ses amis. Cette ovation indiscrète eût été, du reste, d'une maladresse insigne. Elle ne se produisit pas.

Au contraire, quand Marguerite traversa la scène et qu'elle eut chanté les deux seuls vers de son rôle à cet acte deuxième :

> Non, messieurs, je ne suis demoiselle ni belle,
> Et je n'ai pas besoin qu'on me donne la main !

des bravos éclatants accueillirent la Carlotta. C'était si imprévu et si inutile que ceux qui n'étaient au courant de rien se regardaient en se demandant ce qui se passait, et l'acte encore s'acheva sans aucun incident. Tout le monde se disait alors : « Ça va être pour l'acte suivant, évidemment. » Quelques-uns, qui étaient, paraît-il, mieux renseignés que les autres, affirmèrent que le « boucan » devait commencer à la « Coupe du roi de Thulé », et ils se précipitèrent vers l'entrée des abonnés pour aller avertir la Carlotta.

Les directeurs quittèrent la loge pendant cet entr'acte pour se renseigner sur cette histoire de cabale dont leur avait parlé le régisseur, mais ils revinrent bientôt à leur place en haussant les épaules et en traitant toute cette affaire de niaiserie. La première chose qu'ils virent en entrant fut, sur la tablette de l'appui-main, une boîte de bonbons anglais. Qui l'avait apportée là ? Ils questionnèrent les ouvreuses. Mais personne ne put les renseigner. S'étant alors retournés à nouveau du côté de l'appui-main, ils aperçurent, cette fois, à côté de la boîte de bonbons anglais, une lorgnette. Ils se regardèrent. Ils n'avaient pas envie de rire. Tout ce que leur avait dit Mme Giry leur revenait à la mémoire... et puis... il leur semblait qu'il y avait autour d'eux comme un étrange courant d'air... Ils s'assirent en silence, réellement impressionnés.

La scène représentait le jardin de Marguerite...

> Faites-lui mes aveux,
> Portez mes vœux...

Comme elle chantait ces deux premiers vers, son bouquet de roses et de lilas à la main, Christine, en relevant la tête, aperçut dans sa loge le vicomte de Chagny et dès lors, il sembla à tous que sa voix était moins assurée, moins pure, moins cristalline qu'à l'ordinaire. Quelque chose qu'on ne savait pas assourdissait, alourdissait son chant... Il y avait, là-dessous, du tremblement et de la crainte.

« Drôle de fille, fit remarquer presque tout haut un ami de la Carlotta placé à l'orchestre... L'autre soir, elle était divine et aujourd'hui, la voilà qui chevrote. Pas d'expérience, pas de méthode ! »

> C'est en vous que j'ai foi,
> Parlez pour moi.

Le vicomte se mit la tête dans les mains. Il pleurait. Le comte, derrière lui, mordait violemment la pointe de sa moustache, haussait les épaules et fronçait les sourcils. Pour qu'il traduisît par autant de signes extérieurs ses sentiments intimes, le comte, ordinairement si correct et si froid, devait être furieux. Il l'était. Il avait vu son frère revenir d'un rapide et mystérieux voyage dans un état de santé alarmant. Les explications qui s'en étaient suivies n'avaient sans doute point eu la vertu de tranquilliser le comte qui, désireux de savoir à quoi s'en tenir, avait demandé un rendez-vous à Christine Daaé. Celle-ci avait eu l'audace de lui répondre qu'elle ne pouvait le recevoir, ni lui, ni son frère. Il crut à un abominable calcul. Il ne pardonnait point à Christine de faire souffrir Raoul, mais surtout il ne pardonnait point à Raoul de souffrir pour Christine. Ah ! il avait eu bien tort de s'intéresser un instant à cette petite, dont le triomphe d'un soir restait pour tous incompréhensible.

> Que la fleur sur sa bouche
> Sache au moins déposer
> Un doux baiser.

« Petite rouée ! » va, gronda le comte.

Et il se demanda ce qu'elle voulait... ce qu'elle pouvait bien espérer... Elle était pure, on la disait sans ami, sans protecteur d'aucune sorte... cet ange du Nord devait être roublard !

Raoul, lui, derrière ses mains, rideau qui cachait ses larmes d'enfant, ne songeait qu'à la lettre qu'il avait reçue, dès son retour à Paris où Christine était arrivée avant lui, s'étant sauvée de Perros comme une voleuse : « Mon cher ancien petit ami, il faut avoir le courage de ne plus me revoir, de ne plus me parler... si vous m'aimez un peu, faites cela pour moi qui ne vous oublierai jamais... mon cher Raoul. Surtout, ne pénétrez plus jamais dans ma loge. Il y va de ma vie. Il y va de la vôtre. Votre petite Christine. »

Un tonnerre d'applaudissements... C'est la Carlotta qui fait son entrée.

L'acte du jardin se déroulait avec ses péripéties accoutumées.

Quand Marguerite eut fini de chanter l'air du Roi de Thulé, elle fut acclamée ; elle le fut encore quand elle eut terminé l'air des bijoux :

Ah ! je ris de me voir
Si belle en ce miroir...

Désormais, sûre d'elle, sûre de ses amis dans la salle, sûre de sa voix et de son succès, ne craignant plus rien, Carlotta se donna tout entière, avec ardeur, avec enthousiasme, avec ivresse. Son jeu n'eut plus aucune retenue ni aucune pudeur... Ce n'était plus Marguerite, c'était Carmen. On ne l'applaudit que davantage, et son duo avec Faust semblait lui préparer un nouveau succès, quand survint tout à coup... quelque chose d'effroyable.

Faust s'était agenouillé :

Laisse-moi, laisse-moi contempler ton visage
Sous la pâle clarté
Dont l'astre de la nuit, comme dans un nuage,
Caresse ta beauté.

Et Marguerite répondait :

O silence ! O bonheur ! ineffable mystère !
Enivrante langueur !
J'écoute !... Et je comprends cette voix solitaire
Qui chante dans mon cœur !

A ce moment donc... à ce moment juste se produisit quelque chose... j'ai dit quelque chose d'effroyable...

... La salle, d'un seul mouvement, s'est levée... Dans leur loge, les deux directeurs ne peuvent retenir une exclamation d'horreur... Spectateurs et spectatrices se regardent comme pour se demander les uns aux autres l'explication d'un aussi inattendu phénomène... Le visage de la Carlotta exprime la plus atroce douleur, ses yeux semblent hantés par la folie. La pauvre femme s'est redressée, la bouche encore entr'ouverte, ayant fini de laisser passer « cette voix solitaire qui chantait dans son cœur... » Mais cette bouche ne chantait plus... *elle n'osait plus une parole, plus un son...*

Car cette bouche créée pour l'harmonie, cet instrument agile qui n'avait jamais failli, organe magnifique, générateur des plus belles sonorités, des plus difficiles accords, des plus molles ondulations, des rythmes les plus ardents, sublime mécanique humaine à laquelle il ne manquait, pour être divine, que le feu du ciel qui, seul, donne la véritable émotion et soulève les âmes... cette bouche avait laissé passer...

De cette bouche s'était échappé... *Un crapaud !*

Ah ! l'affreux, le hideux, le squameux, venimeux, écumeux, écumant, glapissant crapaud !...

Par où était-il entré ? Comment s'était-il accroupi sur la langue ? Les pattes de derrière repliées, pour bondir plus haut et plus loin, sournoisement, il était sorti du larynx, et... couac !

Couac ! Couac !... Ah ! le terrible couac !

Car vous pensez bien qu'il ne faut parler du crapaud qu'au figuré. On ne le voyait pas mais, par l'enfer ! on l'entendait. Couac !

La salle en fut comme éclaboussée. Jamais batracien, au bord des mares retentissantes, n'avait déchiré la nuit d'un plus affreux couac.

Et certes, il était bien inattendu de tout le monde. La Carlotta n'en croyait encore ni sa gorge ni ses oreilles. La foudre, en tombant à ses pieds, l'eût moins étonnée que ce crapaud couaquant qui venait de sortir de sa bouche...

Et elle ne l'eût pas déshonorée. Tandis qu'il est bien entendu qu'un crapaud blotti sur la langue, déshonore toujours une chanteuse. Il y en a qui en sont mortes.

Mon Dieu ! qui eût cru cela ?... Elle chantait si tranquillement : « Et je comprends cette voix solitaire qui chante dans mon cœur ! » Elle chantait sans effort, comme toujours, avec la même facilité que vous dites : « Bonjour, madame, comment vous portez-vous ? »

On ne saurait nier qu'il existe des chanteuses présomptueuses, qui ont le grand tort de ne point mesurer leurs forces, et qui, dans leur orgueil, veulent atteindre, avec la faible voix que le ciel leur départit, à des effets exceptionnels et lancer des notes qui leur ont été défendues en venant au monde. C'est alors que le ciel pour les punir, leur envoie, sans qu'elle le sachent, dans la bouche, un crapaud, un crapaud qui fait couac ! Tout le monde sait cela. Mais personne ne pouvait admettre qu'une Carlotta, qui avait au moins deux octaves dans la voix, y eût encore un crapaud.

On ne pouvait avoir oublié ses *contre-fa* stridents, ses *staccati* inouïs dans *La flûte enchantée*. On se souvenait de *Don Juan*, où elle était Elvire et où elle remporta le plus retentissant triomphe, certain soir, en donnant elle-même le *si* bémol que ne pouvait donner sa camarade doña Anna. Alors, vraiment, que signifiait ce couac, au bout de cette tranquille, paisible, toute petite « voix solitaire qui chantait dans son cœur ? »

Ça n'était pas naturel. Il y avait là-dessous du sortilège. Ce crapaud sentait le roussi. Pauvre, misérable, désespérée, anéantie Carlotta !...

Dans la salle, la rumeur grandissait. Ç'eût été une autre que la Carlotta à qui serait survenue semblable aventure, on l'eût huée ! Mais avec celle-là, dont on connaissait le parfait instrument, on ne montrait point de colère, mais de la consternation et de l'effroi. Ainsi les hommes ont-ils dû subir cette sorte d'épouvante s'il en est qui ont assisté à la catastrophe qui brisa les bras de la Vénus de Milo !... et encore ont-ils pu voir le coup qui frappait... et comprendre...

Mais là ? Ce crapaud était incompréhensible !...

Si bien qu'après quelques secondes passées à se demander si vraiment elle avait entendu elle-même, sortir de sa bouche même, cette note, — était-ce une note, ce son ? — pouvait-on appeler cela un son ? Un son, c'est encore de la musique — ce bruit infernal, elle voulut se persuader qu'il n'en avait rien été ; qu'il y avait eu là, un instant, une illusion de son oreille, et non point une criminelle trahison de l'organe vocal...

Elle jeta, éperdue, les yeux autour d'elle comme pour chercher un refuge, une protection, ou plutôt l'assurance spontanée de l'innocence de sa voix. Ses doigts crispés s'étaient portés à sa gorge en un geste de défense et de protestation. Non ! non ! ce couac n'était pas à elle ! Et il semblait bien que Carolus Fonta lui-même fût de cet avis, qui la regardait avec une expression inénarrable de stupéfaction enfantine et gigantesque. Car enfin, il était près d'elle, lui. Il ne l'avait pas quittée. Peut-être pourrait-il lui dire comment une pareille chose était arrivée ! Non, il ne le pouvait pas ! Ses yeux étaient stupidement rivés à la bouche de la Carlotta comme les yeux des tout petits considérant le chapeau inépuisable du prestidigitateur. Comment une si petite bouche avait-elle pu contenir un si grand couac ?

Tout cela, crapaud, couac, émotion, terreur, rumeur de la salle, confusion de la scène, des coulisses, — quelques comparses montraient des têtes effarées, — tout cela que je vous décris dans le détail dura quelques secondes.

Quelques secondes affreuses qui parurent surtout interminables aux deux directeurs là-haut, dans la loge n° 5. Moncharmin et Richard étaient très pâles. Cet épisode inouï et qui restait inexplicable les remplissait d'une angoisse d'autant plus mystérieuse qu'ils étaient depuis un instant sous l'influence directe du fantôme.

Ils avaient senti son souffle. Quelques cheveux de Moncharmin s'étaient dressés sous ce souffle-là... Et Richard avait passé son mouchoir sur son front en sueur... Oui, il était là... autour d'eux... derrière eux, à côté d'eux, ils le sentaient sans le voir !... Ils entendaient sa respiration... et si près, si près d'eux !... *On sait quand quelqu'un est présent...* Eh bien, ils savaient maintenant !... *ils étaient sûrs d'être trois dans la loge...* Ils en tremblaient... Ils avaient l'idée de fuir... Ils n'osaient pas... Ils n'osaient pas faire un mouvement, échanger une parole qui eût pu apprendre au fantôme qu'ils savaient qu'il était là !... Qu'allait-il arriver ? Qu'allait-il se produire ?

Se produisit le couac ! Au-dessus de tous les bruits de la salle on entendit leur double exclamation d'horreur. *Ils se sentaient sous les coups du fantôme.* Penchés au-dessus de leur loge, ils regardaient la Carlotta comme s'ils ne la reconnaissaient plus. Cette fille de l'enfer devait avoir donné avec son couac le signal de quelque catastrophe. Ah ! la catastrophe, ils l'attendaient ! Le fantôme la leur avait promise ! La salle était maudite ! Leur double poitrine directoriale haletait déjà sous le poids de la catastrophe. On entendit la voix étranglée de Richard qui criait à la Carlotta :

« Et bien ! continuez ! »

Non ! La Carlotta ne continua pas... Elle recommença bravement, héroïquement, le vers fatal au bout duquel était apparu le crapaud.

Un silence effrayant succède à tous les bruits. Seule la voix de la Carlotta emplit à nouveau le vaisseau sonore.

— J'écoute !...

La salle aussi écoute

*... Et je comprends cette voix solitaire (couac !)
(Couac !...) qui chante dans mon... (couac !)*

Le crapaud lui aussi a recommencé.

La salle éclata en un prodigieux tumulte. Retombés sur leurs sièges, les deux directeurs n'osent même pas se retourner ; ils n'en ont pas la force. Le fantôme leur rit dans le cou ! Et enfin ils entendent distinctement dans l'oreille droite sa voix, l'impossible voix, la voix sans bouche, la voix qui dit :

« Elle chante ce soir à décrocher le lustre ! »

D'un commun mouvement, ils levèrent la tête au plafond et poussèrent un cri terrible. Le lustre, l'immense masse du lustre glissait, venait à eux, à l'appel de cette voix satanique. Décroché, le lustre plongeait des hauteurs de la salle et s'abîmait au milieu de l'orchestre, parmi mille clameurs. Ce fut une épouvante, un sauve-qui-peut général. Mon dessein n'est point de faire revivre ici une heure historique. Les curieux n'ont qu'à ouvrir les journaux de l'époque. Il y eut de nombreux blessés et une morte.

Le lustre s'était écrasé sur la tête de la malheureuse qui était venue ce soir-là, à l'Opéra, pour la première fois de sa vie, sur celle que M. Richard avait désignée comme devant remplacer dans ses fonctions d'ouvreuse Mme Giry, l'ouvreuse du fantôme ! Elle était morte sur le coup et le lendemain, un journal paraissait avec cette manchette : *Deux cent mille kilogs sur la tête d'une concierge !* Ce fut toute son oraison funèbre.

IX

LE MYSTÉRIEUX COUPÉ

Cette soirée tragique fut mauvaise pour tout le monde. La Carlotta était tombée malade. Quant à Christine Daaé, elle avait disparu après la représentation. Quinze jours s'étaient écoulés sans qu'on l'eût revue au théâtre, sans quelle se fût montrée hors du théâtre.

Il ne faut pas confondre cette première disparition qui se passa sans scandale, avec le fameux enlèvement qui, à quelque temps de là, devait se produire dans des conditions si inexplicables et si tragiques.

Raoul fut le premier, naturellement, à ne rien comprendre à l'absence de la diva. Il lui avait écrit à l'adresse de Mme Valérius et n'avait pas reçu de réponse. Il n'en avait pas d'abord été autrement étonné, connaissant son état d'esprit et la résolution où elle était de rompre avec lui toute relation sans que, du reste, il en eût pu encore deviner la raison.

Sa douleur n'en avait fait que grandir, et il finit par s'inquiéter de ne voir la chanteuse sur aucun programme. On donna *Faust* sans elle. Un après-midi, vers cinq heures, il fut s'enquérir auprès de la direction des causes de cette disparition de Christine Daaé. Il trouva des directeurs fort préoccupés. Leurs amis eux-mêmes ne les reconnaissaient plus : ils avaient perdu toute joie et tout entrain. On les voyait traverser le théâtre, tête basse, le front soucieux, et les joues pâles comme s'ils étaient poursuivis par quelque abominable pensée, ou en proie à quelque malice du destin qui vous prend son homme et ne le lâche plus.

La chute du lustre avait entraîné bien des responsabilités, mais il était difficile de faire s'expliquer MM. les directeurs à ce sujet.

L'enquête avait conclu à un accident, survenu pour cause d'usure des moyens de suspension, mais encore aurait-il été du devoir des anciens directeurs ainsi que des nouveaux de constater cette usure et d'y remédier avant qu'elle ne déterminât la catastrophe.

Et il me faut bien dire que MM. Richard et Moncharmin apparurent à cette époque si changés, si lointains... si mystérieux... si incompréhensibles, qu'il y eut beaucoup d'abonnés pour imaginer que quelque événement plus affreux encore que la chute du lustre, avait modifié l'état d'âme de MM. les directeurs.

Dans leurs relations quotidiennes, ils se montraient fort impatients, excepté cependant avec Mame Giry, qui avait été réintégrée dans ses fonctions. On se doute de la façon dont ils reçurent le vicomte de Chagny, quand celui-ci vint leur demander des nouvelles de Christine. Ils se bornèrent à lui répondre qu'elle était en congé. Il demanda combien de temps devait durer ce congé ; il lui fut répliqué assez sèchement qu'il était illimité, Christine Daaé l'ayant demandé pour cause de santé.

« Elle est donc malade ! s'écria-t-il, qu'est-ce qu'elle a ? »

— Nous n'en savons rien !

— Vous ne lui avez donc pas envoyé le médecin du théâtre ?

— Non ! elle ne l'a point réclamé et comme nous avons confiance en elle, nous l'avons crue sur parole. »

L'affaire ne parut point naturelle à Raoul, qui quitta l'Opéra en proie aux plus sombres pensées. Il résolut, quoi qu'il pût arriver, d'aller aux nouvelles chez la maman Valérius. Sans doute se rappelait-il les termes énergiques de la lettre de Christine, qui lui défendait de tenter quoi que ce fût pour la voir. Mais ce qu'il avait vu à Perros, ce qu'il avait entendu derrière la porte de la loge, la conversation qu'il avait eue avec Christine au bord de la lande, lui faisait pressentir quelque machination qui, pour être tant soit peu diabolique, n'en restait pas moins humaine. L'imagination exaltée de la jeune fille, son âme tendre et crédule, l'éducation primitive qui avait entouré ses jeunes années d'un cercle de légendes, la continuelle pensée de son père mort, et surtout l'état de sublime extase où la musique la plongeait dès que cet art se manifestait à elle dans certaines conditions exceptionnelles — n'avait-il point été à même d'en juger ainsi lors de la scène du cimetière ? — tout cela lui apparaissait comme devant constituer un terrain moral propice aux entreprises malfaisantes de quelque personnage mystérieux et sans scrupules. De qui Christine Daaé était-elle la victime ? Voilà la question fort sensée que Raoul se posait en se rendant en toute hâte chez la maman Valérius.

Car le vicomte avait un esprit des plus sains. Sans doute, il était poète et aimait la musique dans ce qu'elle a de plus ailé, et il était grand amateur des vieux contes bretons où dansent les korrigans, et par-dessus tout, il était amoureux de cette petite fée du Nord qu'était Christine Daaé ; il n'empêche qu'il ne croyait au surnaturel qu'en matière de religion et que l'histoire la plus fantastique du monde n'était

pas capable de lui faire oublier que deux et deux font quatre.

Qu'allait-il apprendre chez maman Valérius ? Il en tremblait en sonnant à la porte d'un petit appartement de la rue Notre-Dame-des-Victoires.

La soubrette qui, un soir, était sortie devant lui de la loge de Christine, vint lui ouvrir. Il demanda si Mme Valérius était visible. On lui répondit qu'elle était souffrante, dans son lit, et incapable de « recevoir ».

« Faites passer ma carte, dit-il. »

Il n'attendit point longtemps. La soubrette revint et l'introduisit dans un petit salon assez sombre et sommairement meublé, où les deux portraits du professeur Valérius et du père Daaé se faisaient vis-à-vis.

« Madame s'excuse auprès de monsieur le vicomte, dit la domestique. Elle ne pourra le recevoir que dans sa chambre, car ses jambes ne la soutiennent plus. »

Cinq minutes plus tard, Raoul était introduit dans une chambre quasi obscure, où il distingua tout de suite, dans la pénombre d'une alcôve, la bonne figure de la bienfaitrice de Christine. Maintenant, les cheveux de la maman Valérius étaient tout blancs, mais ses yeux n'avaient pas vieilli ; jamais, au contraire, son regard n'avait été aussi clair, ni aussi pur, ni aussi enfantin.

« M. de Chagny ! fit-elle joyeusement en tendant les deux mains au visiteur... Ah ! c'est le ciel qui vous envoie !... nous allons pouvoir parler d'*elle*. »

Cette dernière phrase sonna aux oreilles du jeune homme bien lugubrement. Il demanda tout de suite :

« Madame... où est Christine ? »

Et la vieille dame lui répondit tranquillement :

« Mais, elle est avec son « bon génie » !

— Quel bon génie ? s'écria le pauvre Raoul.

— Mais *l'Ange de la musique* ! »

Le vicomte de Chagny, consterné, tomba sur un siège. Vraiment, Christine était avec *l'Ange de la musique* ! Et la maman Valérius, dans son lit, lui souriait en mettant un doigt sur sa bouche, pour lui recommander le silence. Elle ajouta :

« Il ne faut le répéter à personne !

— Vous pouvez compter sur moi ! répliqua Raoul sans savoir bien ce qu'il disait, car ses idées sur Christine, déjà fort troubles, s'embrouillaient de plus en plus et il semblait que tout commençait à tourner autour de lui, autour de la chambre, autour de cette extraordinaire brave dame en cheveux blancs, aux yeux de ciel bleu pâle, aux yeux de ciel vide... Vous pouvez compter sur moi...

— Je sais ! je sais ! fit-elle avec un bon rire heureux. Mais approchez-vous donc de moi, comme lorsque vous étiez tout petit. Donnez-moi vos mains comme lorsque vous me rapportiez l'histoire de la petite Lotte que vous avait contée le père Daaé. Je vous aime bien, vous savez, monsieur Raoul. Et Christine aussi vous aime bien !

— ... Elle m'aime bien... soupira le jeune homme, qui rassemblait difficilement sa pensée autour du *génie* de la maman Valérius, de *l'ange* dont lui avait parlé si étrangement Christine, de la tête *de mort* qu'il avait entrevue dans une sorte de cauchemar sur les marches du maître-autel de Perros et aussi du *fantôme de l'Opéra*, dont la renommée était venue jusqu'à son oreille, un soir qu'il s'était attardé sur le plateau, à deux pas d'un groupe de machinistes qui rappelaient la description cadavérique qu'en avait faite avant sa mystérieuse fin le pendu Joseph Buquet... »

Il demanda à voix basse :

« Qu'est-ce qui vous fait croire, madame, que Christine m'aime bien ?

— Elle me parlait de vous tous les jours !

— Vraiment ?... Et qu'est-ce qu'elle vous disait ?...

— Elle m'a dit que vous lui aviez fait une déclaration ?... »

Et la bonne vieille se prit à rire avec éclat, en montrant toutes ses dents, qu'elle avait jalousement conservées. Raoul se leva, le rouge au front, souffrant atrocement.

« Et bien ! où allez-vous ?... Voulez-vous bien vous asseoir ?... Vous croyez que vous allez me quitter comme ça ?... Vous êtes fâché parce que j'ai ri, je vous en demande pardon... Après tout, ce n'est point de votre faute, ce qui est arrivé... Vous ne saviez pas... Vous êtes jeune... et vous croyiez que Christine était libre...

— Christine est fiancée ? demanda d'une voix étranglée le malheureux Raoul.

— Mais non ! mais non !... Vous savez bien que Christine, — le voudrait-elle, ne peut pas se marier !

— Quoi ! mais je ne sais rien !... Et pourquoi Christine ne peut-elle pas se marier ?

— Mais à cause du *Génie de la musique !*...

— Encore...

— Oui, il le lui défend !...

— Il le lui défend !... Le génie de la musique lui défend de se marier !... »

Raoul se penchait sur la maman Valérius, la mâchoire avancée, comme pour la mordre. Il eût eu envie de la dévorer qu'il ne l'eût point regardée avec des yeux plus féroces. Il y a des moments où la trop grande innocence d'esprit apparaît tellement monstrueuse qu'elle en devient haïssable. Raoul trouvait Mᵐᵉ Valérius par trop innocente.

Elle ne se douta point du regard affreux qui pesait sur elle. Elle reprit, de l'air le plus naturel :

« Oh ! il le lui défend... sans le lui défendre... Il lui dit simplement que si elle se mariait, elle ne l'entendrait plus ! Voilà tout !... et qu'il partirait pour toujours !... Alors, vous comprenez, elle ne veut pas laisser partir le *Génie de la musique*. C'est bien naturel.

— Oui, oui, obtempéra Raoul dans un souffle, c'est bien naturel.

— Du reste, je croyais que Christine vous avait dit tout cela, quand elle vous a trouvé à Perros où elle était allée avec son « bon génie ».

— Ah ! ah ! elle était allée à Perros avec le « bon génie » ?

— C'est-à-dire qu'il lui avait donné rendez-vous là-bas dans le cimetière de Perros sur la tombe de Daaé ! Il lui avait promis de jouer là *Résurrection de Lazare* sur le violon de son père ! »

Raoul de Chagny se leva et prononça ces mots décisifs avec une grande autorité :

« Madame, vous allez me dire où il demeure, ce génie-là ! »

La vieille dame ne parut point autrement surprise de cette question indiscrète. Elle leva les yeux et répondit :

« Au ciel ! »

Tant de candeur le dérouta. Une aussi simple et parfaite foi dans un génie qui, tous les soirs descendait du ciel pour fréquenter les loges d'artistes à l'Opéra, le laissa stupide.

Il se rendait compte maintenant de l'état d'esprit dans lequel pouvait se trouver une jeune fille élevée entre un ménétrier superstitieux et une bonne dame « illuminée », et il frémit en songeant aux conséquences de tout cela.

« Christine est-elle toujours une honnête fille ? ne put-il s'empêcher de demander tout à coup.

— Sur ma part de paradis, je le jure ! s'exclama la vieille qui, cette fois, parut outrée... et si vous en doutez, monsieur, je ne sais pas ce que vous êtes venu faire ici !... »

Raoul arrachait ses gants.

« Il y a combien de temps qu'elle a fait la connaissance de ce « génie » ?

— Environ trois mois !... Oui, il y a bien trois mois qu'il a commencé à lui donner des leçons ! »

Le vicomte étendit les bras dans un geste immense et désespéré, et il les laissa retomber avec accablement.

« Le génie lui donne des leçons !... Et où ça ?

— Maintenant qu'elle est partie avec lui, je ne pourrais vous le dire, mais il y a quinze jours, cela se passait dans la loge de Christine. Ici, ce serait impossible dans ce petit appartement. Toute la maison les entendrait. Tandis qu'à l'Opéra, à huit heures du matin, il n'y a personne. On ne les dérange pas !... Vous comprenez ?...

— Je comprends ! je comprends ! s'écria le vicomte, et il prit congé avec précipitation de la vieille maman qui se demandait en a parte si le vicomte n'était pas un peu toqué. »

En traversant le salon, Raoul se retrouva en face de la soubrette et, un instant, il eut l'intention de l'interroger, mais il crut surprendre sur ses lèvres un léger sourire. Il pensa qu'elle se moquait de lui. Il s'enfuit. N'en savait-il pas assez ?... Il avait voulu être renseigné, que pouvait-il désirer de plus ?... Il regagna le domicile de son frère à pied, dans un état à faire pitié...

Il eût voulu se châtier, se heurter le front contre les murs Avoir cru à tant d'innocence, à tant de pureté ! Avoir essayé, un instant, de tout expliquer avec de la naïveté, de la simplicité d'esprit, de la candeur immaculée ! Le génie de la musique ! Il le connaissait maintenant ! Il le voyait ! C'était à n'en pas douter quelque affreux ténor, joli garçon, et qui chantait la bouche en cœur. Il se trouvait ridicule et malheureux à souhait ! Ah ! le misérable, petit, insignifiant et niais jeune homme que M. le vicomte de Chagny ! pensait rageusement Raoul. Et elle, quelle audacieuse et sataniquement rouée créature !

Tout de même, cette course dans les rues lui avait fait du bien, et rafraîchi un peu la flamme de son cerveau. Quand il pénétra dans sa chambre, il ne pensait plus qu'à se jeter sur son lit pour y étouffer ses sanglots. Mais son frère était là et Raoul se laissa tomber dans ses bras, comme un bébé. Le comte, paternellement, le consola, sans lui demander d'explications ; du reste, Raoul eût hésité à lui narrer l'histoire du *Génie de la musique*. S'il y a des choses dont on ne se vante pas, il en est d'autres pour lesquelles il y a trop d'humiliation à être plaint.

Le comte emmena son frère dîner au cabaret. Avec un aussi frais désespoir, il est probable que Raoul eût décliné, ce soir-là, toute invitation si, pour le décider, le comte ne lui avait pas appris que la veille au soir, dans une allée du Bois, la dame de ses pensées avait été rencontrée en galante compagnie. D'abord, le vicomte n'y voulut point croire et puis il lui fut donné des détails si précis qu'il ne protesta plus. Enfin, n'était-ce point là l'aventure la plus banale ? On l'avait vue dans un coupé dont la vitre était baissée. Elle semblait aspirer longuement l'air glacé de la nuit. Il faisait un clair de lune superbe. On l'avait parfaitement reconnue. Quant à son compagnon, on n'en avait distingué qu'une vague silhouette, dans l'ombre. La voiture allait « au pas », dans une allée déserte, derrière les tribunes de Longchamp.

Raoul s'habilla avec frénésie, déjà prêt, pour oublier sa détresse, à se jeter, comme on dit, dans le « tourbillon du plaisir ». Hélas ! il fut un triste convive et ayant quitté le comte de bonne heure, il se trouva, vers dix heures du soir, dans une voiture de cercle, derrière les tribunes de Longchamp.

Il faisait un froid de loup. La route apparaissait déserte et très éclairée sous la lune. Il donna l'ordre au cocher de l'attendre patiemment au coin d'une petite allée adjacente et, se dissimulant autant que possible, il commença de battre la semelle.

Il n'y avait pas une demi-heure qu'il se livrait à cet hygiénique exercice, quand une voiture, venant de Paris, tourna au coin de la route et, tranquillement, au pas de son cheval, se dirigea de son côté.

Il pensa tout de suite : c'est elle ! Et son cœur se prit à frapper à grands coups sourds, comme ceux qu'il avait déjà entendus dans sa poitrine quand il écoutait la voix d'homme derrière la porte de la loge... Mon Dieu ! comme il l'aimait !

La voiture avançait toujours. Quant à lui, il n'avait pas bougé. Il attendait !... Si c'était elle, il était bien résolu à sauter à la tête des chevaux !... Coûte que coûte, il voulait avoir une explication avec l'ange de la musique !...

Quelques pas encore et le coupé allait être à sa hauteur. Il ne doutait point que ce fût elle... Une femme, en effet, penchait sa tête à la portière.

Et, tout à coup, la lune l'illumina d'une pâle auréole.

« Christine ! »

Le nom sacré de son amour lui jaillit des lèvres et du cœur. Il ne put le retenir !... Il bondit pour le rattraper, car ce nom jeté à la face de la nuit, avait été comme le signal attendu d'une ruée furieuse de tout l'équipage, qui passa devant lui sans qu'il eût pris le temps de mettre son projet à exécution. La glace de la portière s'était relevée. La figure de la jeune femme avait disparu. Et, le coupé, derrière lequel il courait, n'était déjà plus qu'un point noir sur la route blanche.

Il appela encore : Christine !... Rien ne lui répondit. Il s'arrêta, au milieu du silence.

Il jeta un regard désespéré au ciel, aux étoiles ; il heurta du poing sa poitrine en feu ; il aimait et il n'était pas aimé !

D'un œil morne, il considéra cette route désolée et froide, la nuit pâle et morte. Rien n'était plus froid, rien n'était plus mort que

son cœur : il avait aimé un ange et il méprisait une femme !

Raoul, comme elle s'est jouée de toi, la petite fée du Nord ! N'est-ce pas, n'est-ce pas qu'il est inutile d'avoir une joue aussi fraîche, un front aussi timide et toujours prêt à se couvrir du voile rose de la pudeur pour passer dans la nuit solitaire, au fond d'un coupé de luxe, en compagnie d'un mystérieux amant ? N'est-ce pas qu'il devrait y avoir des limites sacrées à l'hypocrisie et au mensonge ?... Et qu'on ne devrait pas avoir les yeux clairs de l'enfance quand on a l'âme des courtisanes ?

... Elle avait passé sans répondre à son appel...

Aussi, pourquoi était-il venu au travers de sa route ?

De quel droit a-t-il dressé soudain devant elle, qui ne lui demande que son oubli, le reproche de sa présence ?...

« Va-t'en !... disparais !... Tu ne comptes pas !... »

Il songeait à mourir et il avait vingt ans !... Son domestique le surprit, au matin, assis sur son lit. Il ne s'était pas déshabillé et le valet eut peur de quelque malheur en le voyant, tant il avait une figure de désastre. Raoul lui arracha des mains le courrier qu'il lui apportait. Il avait reconnu une lettre, un papier, une écriture. Christine lui disait :

« Mon ami, soyez, après-demain, au bal masqué de l'Opéra, à minuit, dans le petit salon qui est derrière la cheminée du grand foyer ; tenez-vous debout auprès de la porte qui conduit vers la Rotonde. Ne parlez de ce rendez-vous à personne au monde. Mettez-vous en domino blanc, bien masqué. Sur ma vie, qu'on ne vous reconnaisse pas. Christine. »

X

AU BAL MASQUÉ

L'enveloppe, toute maculée de boue, ne portait aucun timbre. « Pour remettre à M. le vicomte Raoul de Chagny » et l'adresse au crayon. Ceci avait été certainement jeté dans l'espoir qu'un passant ramasserait le billet et l'apporterait à domicile, ce qui est arrivé. Le billet avait été trouvé sur un trottoir de la place de l'Opéra. Raoul le relut avec fièvre.

Il ne lui en fallait pas davantage pour renaître à l'espoir. La sombre image qu'il s'était faite un instant d'une Christine oublieuse de ses devoirs envers elle-même, fit place à la première imagination qu'il avait eue d'une malheureuse enfant innocente, victime d'une imprudence et de sa trop grande sensibilité. Jusqu'à quel point, à cette heure, était-elle vraiment victime ? De qui était-elle prisonnière ? Dans quel gouffre l'avait-on entraînée ? Il se le demandait avec une bien cruelle angoisse ; mais cette douleur même lui paraissait supportable à côté du délire où le mettait l'idée d'une Christine hypocrite et menteuse ! Que s'était-il passé ? Quelle influence avait-elle subie ? Quel monstre l'avait ravie, et avec quelles armes ?...

... Avec quelles armes, donc, si ce n'étaient celles de la musique ? Oui, oui, plus il y songeait, plus il se persuadait que c'était de ce côté qu'il découvrirait la vérité. Avait-il oublié le ton dont, à Perros, elle lui avait appris qu'elle avait reçu la visite de l'envoyé céleste ? Et l'histoire même de Christine, dans ces derniers temps, ne devait-elle point l'aider à éclairer les ténèbres où il se débattait ? Avait-il ignoré le désespoir qui s'était emparé d'elle après la mort de son père et le dégoût qu'elle avait eu alors de toutes les choses de la vie, même de son art ? Au Conservatoire, elle avait passé comme une pauvre machine chantante, dépourvue d'âme. Et, tout à coup, elle s'était réveillée, comme sous le souffle d'une intervention divine. L'Ange de la musique était venu ! Elle chante Marguerite de *Faust* et triomphe !... L'Ange de la musique !... Qui donc, qui donc se faisait passer à ses yeux pour ce merveilleux génie ?... Qui donc, renseigné sur la légende chère au vieux Daaé, en use à ce point que la jeune fille n'est plus entre ses mains qu'un instrument sans défense qu'il fait vibrer à son gré ?

Et Raoul réfléchissait qu'une telle aventure n'était point exceptionnelle. Il se rappelait ce qui était arrivé à la princesse Belmonte, qui venait de perdre son mari et dont le désespoir était devenu de la stupeur... Depuis un mois, la princesse ne pouvait ni parler ni pleurer. Cette inertie physique et morale allait s'aggravant tous les jours et l'affaiblissement de la raison amenait peu à peu l'anéantissement de la vie. On portait tous les soirs la malade dans ses jardins ; mais elle ne semblait même pas comprendre où elle se trouvait. Raff, le plus grand chanteur de l'Allemagne, qui passait à Naples, voulut visiter ces jardins, renommés pour leur beauté. Une des femmes de la princesse pria le grand artiste de chanter, sans se montrer, près du bosquet où elle se trouvait étendue. Raff y consentit et chanta un air simple que la princesse avait entendu dans la bouche de son mari aux premiers jours de leur hymen. Cet air était expressif et touchant. La mélodie, les paroles, la voix admirable de l'artiste, tout se réunit pour remuer profondément l'âme de la princesse. Les larmes lui jaillirent des yeux... elle pleura, fut sauvée et resta persuadée que son époux, ce soir-là, était descendu du ciel pour lui chanter l'air d'autrefois !

— Oui... ce soir-là !... Un soir, pensait maintenant Raoul, un unique soir... Mais cette imagination n'eût point tenu devant une expérience répétée...

Elle eût bien fini par découvrir Raff, derrière son bosquet, l'idéale et dolente princesse de Belmonte, si elle y était revenue tous les soirs, pendant trois mois...

L'Ange de la musique, pendant trois mois, avait donné des leçons à Christine... Ah ! c'était un professeur ponctuel !... Et maintenant, il la promenait au Bois !...

De ses doigts crispés, glissés sur sa poitrine, où battait son cœur jaloux, Raoul se déchirait la chair. Inexpérimenté, il se demandait maintenant avec terreur à quel jeu la demoiselle le conviait pour une prochaine mascarade ? Et jusqu'à quel point une fille d'Opéra peut se moquer d'un bon jeune homme tout neuf à l'amour ? Quelle misère !...

Ainsi, la pensée de Raoul allait-elle aux extrèmes. Il ne savait plus s'il devait plaindre Christine ou la maudire et, tout à tour, il la plaignait et la maudissait. A tout hasard, cependant, il se munit d'un domino blanc.

Enfin, l'heure du rendez-vous arriva. Le visage couvert d'un loup garni d'une longue et épaisse dentelle, tout empierroté de blanc, le vicomte se trouva bientôt ridicule d'avoir endossé ce costume des mascarades romantiques. Un homme du monde ne se déguisait pas pour aller au bal de l'Opéra. Il eût fait sourire. Une pensée consolait le vicomte : c'était qu'on ne le reconnaîtrait certes pas. Et puis, ce costume et ce loup avaient un autre avantage : Raoul allait pouvoir se promener là-dedans « comme chez lui », tout seul, avec le désarroi de son âme et la tristesse de son cœur. Il n'aurait point besoin de feindre ; il lui serait superflu de composer un masque pour son visage : il l'avait !

Ce bal était une fête exceptionnelle, donnée avant les jours gras, en l'honneur de l'anniversaire de la naissance d'un illustre dessinateur des liesses d'antan, d'un émule de Gavarni, dont le crayon avait immortalisé les « chicards » et la descente de la Courtille. Aussi devait-il avoir un aspect beaucoup plus gai, plus bruyant, plus bohème que l'ordinaire des bals masqués. De nombreux artistes s'y étaient donné rendez-vous, suivis d'une clientèle de modèles et de rapins qui, vers minuit, commençaient de mener grand tapage.

Raoul monta le grand escalier à minuit moins cinq, ne s'attarda en aucune sorte à considérer autour de lui, le spectacle des costumes multicolores s'étalant au long des degrés de marbre, dans l'un des plus somptueux décors du monde, ne se laissa entreprendre par aucun masque facétieux, ne répondit à aucune plaisanterie, et secoua la familiarité entreprenante de plusieurs couples déjà trop gais. Ayant traversé le grand foyer et échappé à une farandole qui, un moment, l'avait emprisonné, il pénétra enfin dans le salon que le billet de Christine lui avait indiqué. Là, dans ce petit espace, il y avait un monde fou ; car c'était là le carrefour où se rencontraient tous ceux qui allaient souper à la Rotonde ou qui revenaient de prendre une coupe de champagne. Le tumulte y était ardent et joyeux. Raoul pensa que Christine avait, pour leur mystérieux rendez-vous, préféré cette cohue à quelque coin isolé : on y était, sous le masque, plus dissimulé.

Il s'accota à la porte et attendit. Il n'attendit point longtemps. Un domino noir passa qui lui serra rapidement le bout des doigts. Il comprit que c'était elle.

Il suivit.

« C'est vous, Christine ? demanda-t-il entre ses dents.

Le domino se retourna vivement et leva le doigt jusqu'à la hauteur de ses lèvres pour lui recommander sans doute de ne plus répéter son nom.

Raoul continua de suivre en silence.

Il avait peur de la perdre, après l'avoir si étrangement retrouvée. Il ne sentait plus de haine contre elle. Il ne doutait même plus qu'elle dût « n'avoir rien à se reprocher », si bizarre et si inexplicable qu'apparût sa conduite. Il était prêt à toutes les mansuétudes, à tous les pardons, à toutes les lâchetés. Il aimait. Et, certainement, on allait lui expliquer très naturellement, tout à l'heure, la raison d'une absence aussi singulière...

Le domino noir, de temps en temps, se retournait pour voir s'il était toujours suivi du domino blanc.

Comme Raoul retraversait ainsi derrière son guide, le grand foyer du public, il ne put faire autrement que de remarquer parmi toutes les cohues, une cohue... parmi tous les groupes s'essayant aux plus folles extravagances, un groupe qui se pressait autour d'un personnage dont le déguisement, l'allure originale, l'aspect macabre faisait sensation...

Ce personnage était vêtu tout d'écarlate avec un immense chapeau à plumes sur une tête de mort. Ah ! la belle imitation de tête de mort que c'était-là ! Les rapins, autour de lui, lui faisaient un grand succès, le félicitaient... lui demandaient chez quel maître, dans quel atelier, fréquenté de Pluton, on lui avait fait, dessiné, maquillé une aussi belle tête de mort ! La « Camarde » elle-même avait dû poser.

L'homme à la tête de mort, au chapeau à plumes et au vêtement écarlate traînait derrière lui un immense manteau de velours rouge dont la flamme s'allongeait royalement sur le parquet ; et sur ce manteau, on avait brodé en lettres d'or une phrase que chacun lisait et répétait tout haut : « Ne me touchez pas ! Je suis la Mort rouge qui passe !... »

Et quelqu'un voulut le toucher... mais une main de squelette, sortie d'une manche de

pourpre, saisit brutalement l'imprudent, et celui-ci, ayant senti l'emprise des ossements,
l'étreinte forcenée de la Mort qui semblait ne
devoir plus le lâcher jamais, poussa un cri de
douleur et d'épouvante. La Mort rouge lui
ayant enfin rendu la liberté, il s'enfuit, comme
un fou, au milieu des quolibets. C'est à ce moment que Raoul croisa le funèbre personnage
qui, justement, venait de se tourner de son
côté. Et il fut sur le point de laisser échapper
un cri : « La tête de mort de Perros-Guirec ! »
Il l'avait reconnue !... Il voulut se précipiter,
oubliant Christine ; mais le domino noir, qui
paraissait en proie, lui aussi, à un étrange émoi,
lui avait pris le bras et l'entraînait loin du
foyer, hors de cette foule démoniaque, où passait la Mort rouge.

A chaque instant, le domino noir se retournait et il lui sembla sans doute, par deux fois,
apercevoir quelque chose qui l'épouvantait,
car il précipita encore sa marche et celle de
Raoul, comme s'ils étaient poursuivis.

Ainsi, montèrent-ils deux étages. Là, les escaliers, les couloirs étaient à peu près déserts.
Le domino noir poussa la porte d'une loge et
fit signe au domino blanc d'y pénétrer derrière
lui. Christine (car c'était bien elle, il put encore
la reconnaître à sa voix), Christine ferma aussitôt sur lui la porte de la loge en lui recom-
mandant à voix basse de rester dans la partie
arrière de cette loge et de ne point se montrer
Raoul retira son masque. Christine garda le
sien. Et comme le jeune homme allait prier la
chanteuse de s'en défaire, il fut tout à fait
étonné de la voir se pencher sur la cloison et
écouter attentivement ce qui se passait à côté.
Puis, elle entr'ouvrit la porte et regarda dans
le couloir en disant à voix basse : « Il doit être
monté au-dessus, dans la « loge des Aveu-
gles ! »... Soudain, elle s'écria : Il redescend ! »

Elle voulut refermer la porte, mais Raoul
s'y opposa, car il avait vu, sur la marche la
plus élevée de l'escalier qui montait à l'étage
supérieur, se poser *un pied rouge*, et puis un
autre... et lentement, majestueusement, descendit tout le vêtement écarlate de la Mort
rouge. Et il revit la tête de mort de Perros-
Guirec.

« C'est lui ! s'écria-t-il... Cette fois, il ne
m'échappera pas !... »

Mais Christine avait refermé la porte dans
le moment que Raoul s'élançait. Il voulut
l'écarter de son chemin...

« Qui donc, lui ? demanda-t-elle d'une voix
toute changée... qui donc ne vous échappera
pas ?...

Brutalement, Raoul essaya de vaincre la résistance de la jeune fille, mais elle le repoussait
avec une force inattendue... Il comprit, ou crut
comprendre et devint furieux tout de suite.

« Qui donc ? fit-il avec rage... Mais lui ?
l'homme qui se dissimule sous cette hideuse
image mortuaire !... le mauvais génie du cimetière de Perros !... la Mort rouge !... Enfin, votre ami, madame... *Votre Ange de la musique !*
Mais je lui arracherai son masque du visage,
comme j'arracherai le mien, et nous nous re-
garderons, cette fois, face à face, sans voile
et sans mensonge, et je saurai qui vous aimez
et qui vous aime ! »

Il éclata d'un rire insensé, pendant que
Christine, derrière son loup, faisait entendre
un douloureux gémissement.

Elle étendit, d'un geste tragique, ses deux
bras, qui mirent une barrière de chair blanche sur la porte.

« Au nom de notre amour, Raoul, vous ne
passerez pas !... »

Il s'arrêta. Qu'avait-elle dit ?... Au nom de
leur amour ?... Mais jamais, jamais encore
elle ne lui avait dit qu'elle l'aimait. Et cependant, les occasions ne lui avaient pas man-
qué !... Elle l'avait vu déjà assez malheureux,
en larmes devant elle, implorant une bonne
parole d'espoir qui n'était pas venue !... Elle
l'avait vu malade, quasi mort de terreur et de
froid après la nuit du cimetière de Perros ?
Etait-elle seulement restée à ses côtés dans le
moment où il avait le plus besoin de ses soins ?
Non ! Elle s'était enfuie !... Et elle disait
qu'elle l'aimait ! Elle parlait « au nom de leur
amour ». Allons donc ! Elle n'avait d'autre but
que de le retarder de quelques secondes... Il
fallait laisser le temps à la Mort rouge de s'é-
chapper... Leur amour ? Elle mentait !...

Et il le lui dit, avec un accent de haine enfantine.

« Vous mentez, madame ! car vous ne m'aimez pas, et vous ne m'avez jamais aimé ! Il
faut être un malheureux petit jeune homme

Ce fut le jeu le plus joli du monde, et auquel ils se plurent comme de purs enfants qu'ils étaient.

Universal Film.

Tandis que sur la scène se déroulait le ballet triomphal (5), Christine vivait des heures d'angoisse (8). — Un homme, enveloppé d'un grand manteau noir, au visage masqué, l'entraînait par un mystérieux chemin jusqu'à sa demeure souterraine (1, 2, 4, 6). Elle avait hurlé d'horreur (3) en voyant le visage hideux du fantôme ; mais la voix d'ange d'Erik, son génie musical (7) avaient conquis le cœur de l'actrice.

Un immense oiseau de nuit, aux yeux de braise, semblait accroché aux cordes de la lyre d'Apollon.

XV.

comme moi pour se laisser jouer, pour se laisser berner comme je l'ai été ! Pourquoi donc par votre attitude, par la joie de votre regard, par votre silence même, m'avoir, lors de notre première entrevue à Perros, permis tous les espoirs ? — tous les honnêtes espoirs, madame, car je suis un honnête homme et je vous croyais une honnête femme, quand vous n'aviez que l'intention de vous moquer de moi ! Hélas ! vous vous êtes moquée de tout le monde ! Vous avez honteusement abusé du cœur candide de votre bienfaitrice elle-même, qui continue cependant de croire à votre sincérité, quand vous vous promenez au bal de l'Opéra avec la Mort rouge !... Je vous méprise !... »

Et il pleura. Elle le laissait l'injurier. Elle ne pensait qu'à une chose : le retenir.

« Vous me demanderez un jour pardon de toutes ces vilaines paroles, Raoul, et je vous pardonnerai !... »

Il secoua la tête.

« Non ! non ! vous m'aviez rendu fou !... quand je pense que moi, je n'avais plus qu'un but dans la vie : donner mon nom à une fille d'Opéra !...

— Raoul !... malheureux !...

— J'en mourrai de honte !

— Vivez, mon ami, fit la voix grave et altérée de Christine... et adieu !

« Adieu, Raoul !...

Le jeune homme s'avança, d'un pas chancelant. Il osa encore un sarcasme :

« Oh ! vous me permettrez bien de venir vous applaudir de temps en temps.

— Je ne chanterai plus, Raoul !..

— Vraiment, ajouta-t-il avec plus d'ironie encore... On vous crée des loisirs : mes compliments !... Mais on se reverra au Bois un de ces soirs !

— Ni au Bois, ni ailleurs, Raoul, vous ne me verrez plus...

— Pourrait-on savoir au moins à quelles ténèbres vous retournerez ?... Pour quel enfer repartez-vous, mystérieuse madame ?... ou pour quel paradis ?...

— J'étais venue pour vous le dire... mon ami... mais je ne peux plus rien vous dire...

... Vous ne me croiriez pas ! Vous avez perdu foi en moi, Raoul, c'est fini... ! »

Elle dit ce « C'est fini ! » sur un ton si désespéré que le jeune homme en tressaillit et que le remords de sa cruauté commença de lui troubler l'âme...

« Mais enfin, s'écria-t-il... Nous direz-vous ce que signifie tout ceci !... Vous êtes libre, sans entrave... Vous vous promenez dans la ville... vous revêtez un domino pour courir le bal... Pourquoi ne rentrez-vous pas chez vous ?... Qu'avez-vous fait depuis quinze jours ?... Qu'est-ce que c'est que cette histoire de l'Ange de la musique que vous avez racontée à la maman Valérius ? quelqu'un a pu vous tromper, abuser de votre crédulité... J'en ai été moi-même le témoin à Perros... mais, maintenant, vous savez à quoi vous en tenir !... Vous m'apparaissez fort sensée, Christine... Vous savez ce que vous faites !... et cependant la maman Valérius continue à vous attendre, en invoquant votre « bon génie !... » Expliquez-vous, Christine, je vous en prie !... D'autres y seraient trompés !... qu'est-ce que c'est que cette comédie ? »

Christine, simplement, ôta son masque et dit :

« C'est une tragédie, mon ami... »

Raoul vit alors son visage et ne put retenir une exclamation de surprise et d'effroi. Les fraîches couleurs d'autrefois avaient disparu. Une pâleur mortelle s'étendait sur ces traits qu'il avait connus si charmants et si doux, reflets de la grâce paisible et de la conscience sans combat. Comme ils étaient tourmentés, maintenant ! Le sillon de la douleur les avait impitoyablement creusés et les beaux yeux clairs de Christine, autrefois limpides comme les lacs qui servaient d'yeux à la petite Lotte, apparaissaient ce soir d'une profondeur obscure, mystérieuse et insondable, et tout cernés d'une ombre effroyablement triste.

« Mon amie ! mon amie ! gémit-il en tendant les bras... vous m'avez promis de me pardonner...

— Peut-être !... peut-être un jour... » fit-elle en remettant son masque et elle s'en alla, lui défendant de la suivre, d'un geste qui le chassait...

Il voulut s'élancer derrière elle, mais elle se retourna et répéta, avec une telle autorité souveraine, son geste d'adieu, qu'il n'osa plus faire un pas.

Il la regarda s'éloigner... Et puis, il descendit à son tour dans la foule, ne sachant point précisément ce qu'il faisait, les tempes battantes, le cœur déchiré, et il demanda, dans la salle qu'il traversait, si l'on n'avait point vu passer la Mort rouge. On lui disait : « Qui est cette Mort rouge ? » Il répondait : « C'est un monsieur déguisé avec une tête de mort et en grand manteau rouge. » On lui dit partout qu'elle venait de passer, la Mort rouge, traînant son royal manteau, mais il ne la rencontra nulle part, et il retourna, vers deux heures du matin, dans le couloir qui, derrière la scène, conduisait à la loge de Christine Daaé.

Ses pas l'avaient conduit dans ce lieu où il avait commencé de souffrir. Il heurta à la porte. On ne lui répondit pas. Il entra comme il était entré alors qu'il cherchait partout la *voix d'homme*. La loge était déserte. Un bec de gaz brûlait, en veilleuse. Sur un petit bureau, il y avait du papier à lettres. Il pensa à écrire à Christine, mais des pas se firent entendre dans le corridor... Il n'eut que le temps de se cacher dans le boudoir, qui était séparé de la loge par un simple rideau. Une main poussait la porte de la loge. C'était Christine !

Il retint sa respiration. Il voulait voir ! Il voulait savoir !... Quelque chose lui disait qu'il allait assister à une partie du mystère et qu'il allait commencer à comprendre, peut-être...

Christine entra, retira son masque d'un geste las et le jeta sur la table. Elle soupira, laissa tomber sa belle tête entre ses mains... A quoi pensait-elle ?... A Raoul ?... Non ! car Raoul l'entendit murmurer : « Pauvre Erik ! »

Il crut avoir mal entendu. D'abord, il était persuadé que si quelqu'un était à plaindre, c'était lui, Raoul. Quoi de plus naturel, après ce qui venait de se passer entre eux, qu'elle dît dans un soupir : « Pauvre Raoul ! » Mais elle répéta en secouant la tête : « Pauvre Erik ! » Qu'est-ce que cet Erik venait faire dans les soupirs de Christine, et pourquoi la petite fée du Nord plaignait-elle Erik, quand Raoul était si malheureux ?

Christine se mit à écrire, posément, tranquillement, si pacifiquement, que Raoul, qui tremblait encore du drame qui les séparait, en fut singulièrement et fâcheusement impressionné. « Que de sang-froid ! » se dit-il... Elle écrivit ainsi, remplissant deux, trois, quatre feuillets. Tout à coup, elle dressa la tête et cacha les feuillets dans son corsage... Elle semblait écouter... Raoul aussi, écouta... D'où venait ce bruit bizarre, ce rythme lointain ?... Un chant sourd semblait sortir des murailles. Oui, on eût dit que les murs chantaient !... Le chant devenait plus clair... les paroles étaient intelligibles... on distingua une voix... une très belle et très douce et très captivante voix... mais tant de douceur restait cependant mâle et ainsi pouvait-on juger que cette voix n'appartenait point à une femme... La voix s'approchait toujours... elle dépassa la muraille... elle arriva... et la voix, maintenant, *était dans la pièce*, devant Christine. Christine se leva et parla à la voix comme si elle eût parlé à quelqu'un qui se fût tenu à ses côtés.

« Me voici, Erik, dit-elle, je suis prête. C'est vous qui êtes en retard, mon ami. »

Raoul qui regardait prudemment, derrière son rideau, n'en pouvait croire ses yeux qui ne lui montraient rien.

La physionomie de Christine s'éclaira. Un bon sourire vint se poser sur ses lèvres exsangues, un sourire comme en ont les convalescents quand ils commencent à espérer que le mal qui les a frappés ne les emportera pas.

La voix sans corps se reprit à chanter et certainement Raoul n'avait encore rien entendu au monde — comme voix unissant, dans le même temps, avec le même souffle, les extrêmes — de plus largement et héroïquement suave, de plus victorieusement insidieux, de plus délicat dans la force, de plus fort dans la délicatesse, enfin, de plus irrésistiblement triomphant. Il y avait là des accents définitifs qui chantaient en maîtres et qui devaient certainement, par la seule vertu de leur audition, faire naître des accents élevés chez les mortels qui sentent, aiment et traduisent la musique. Il y avait là une source tranquille et pure d'harmonie à laquelle les fidèles pouvaient en toute sûreté dévotement boire, certains qu'ils étaient d'y boire la grâce musicienne. Et leur art, du coup, ayant touché le divin, en était transfiguré. Raoul écoutait cette voix avec fièvre et il commençait à comprendre pourquoi Christine Daaé avait pu apparaître un soir au public stupéfait, avec des accents d'une beauté inconnue, d'une exaltation surhumaine, sans doute encore sous l'influence du mystérieux et invisible maître ! Et il comprenait d'autant plus un si considérable événement en écoutant l'exceptionnelle voix que celle-ci ne chantait rien justement d'exceptionnel : avec du limon, elle avait fait de l'azur. La banalité du vers et la facilité et la presque vulgarité populaire de la mélodie n'en apparaissaient que transformées davantage en beauté par un souffle qui les soulevait et les emportait en plein ciel sur les ailes de la passion. Car cette voix angélique glorifiait un hymne païen.

Cette voix chantait « La Nuit d'hyménée » de *Roméo et Juliette*.

Raoul vit Christine tendre les bras vers la voix, comme elle avait fait dans le cimetière de Perros, vers le violon invisible qui jouait *La Résurrection de Lazare...*

Rien ne pouvait rendre la passion dont la voix dit :

La destinée t'enchaîne à moi sans retour !...

Raoul en eut le cœur transpercé et, luttant contre le charme qui semblait lui ôter toute volonté et toute énergie, et presque toute lucidité dans le moment qu'il lui en fallait le plus, il parvint à tirer le rideau qui le cachait et il marcha vers Christine. Celle-ci, qui s'avançait vers le fond de la loge dont tout le pan était occupé par une grande glace qui lui renvoyait son image, ne pouvait pas le voir, car il était tout à fait derrière elle et entièrement masqué par elle.

La destinée t'enchaîne à moi sans retour !...

Christine marchait toujours vers son image et son image descendait vers elle. Les deux Christine — le corps et l'image — finirent par se toucher, se confondre, et Raoul étendit le bras pour les saisir d'un coup toutes les deux.

Mais, par une sorte de miracle éblouissant qui le fit chanceler, Raoul fut tout à coup rejeté en arrière, pendant qu'un vent glacé lui balayait le visage ; il vit non plus deux, mais quatre, huit, vingt Christine, qui tournèrent autour de lui avec une telle légèreté, qui se moquaient et qui, si rapidement s'enfuyaient,

que sa main n'en put toucher aucune. Enfin, tout redevint immobile et il se vit, lui, dans la glace. Mais Christine avait disparu.

Il se précipita sur la glace. Il se heurta aux murs. Personne ! Et cependant la loge résonnait encore d'un rythme lointain, passionné :

La destinée t'enchaîne à moi sans retour !...

Ses mains pressèrent son front en sueur, tâtèrent sa chair éveillée, tâtonnèrent la pénombre, rendirent à la flamme du bec de gaz toute sa force. Il était sûr qu'il ne rêvait point. Il se trouvait au centre d'un jeu formidable, physique et moral, dont il n'avait point la clef et qui peut-être allait le broyer. Il se faisait vaguement l'effet d'un prince aventureux qui a franchi la limite défendue d'un conte de fée et qui ne doit plus s'étonner d'être la proie des phénomènes magiques qu'il a inconsidérément bravés et déchaînés par amour...

Par où ? Par où Christine était-elle partie ?... Par où reviendrait-elle ?...

Reviendrait-elle ?... Hélas ! ne lui avait-elle point affirmé que tout était fini !... et la muraille ne répétait-elle point : *La destinée t'enchaîne à moi sans retour ?* A moi ? A qui ?

Alors, exténué, vaincu, le cerveau vague, il s'assit à la place même qu'occupait tout à l'heure Christine. Comme elle, il laissa sa tête tomber dans ses mains. Quand il la releva, des larmes coulaient abondantes au long de son jeune visage, de vraies et lourdes larmes, comme en ont les enfants jaloux, des larmes qui pleuraient sur un malheur nullement fantastique, mais commun à tous les amants de la terre et qu'il précisa tout haut :

« Qui est cet Erik ? » dit-il.

XI

IL FAUT OUBLIER LE NOM DE LA « VOIX D'HOMME »

Le lendemain du jour où Christine avait disparu à ses yeux dans une espèce d'éblouissement qui le faisait encore douter de ses sens, M. le vicomte de Chagny se rendit aux nouvelles chez la maman Valérius. Il tomba sur un tableau charmant.

Au chevet de la vieille dame qui, assise dans son lit, tricotait, Christine faisait de la dentelle. Jamais ovale plus charmant, jamais front plus pur, jamais regard plus doux ne se penchèrent sur un ouvrage de vierge. De fraîches couleurs étaient revenues aux joues de la jeune fille. Le cerne bleuâtre de ses yeux clairs avait disparu. Raoul ne reconnut plus le visage tragique de la veille. Si le voile de la mélancolie répandu sur ces traits adorables n'était apparu au jeune homme comme le dernier vestige du drame inouï où se débattait cette mystérieuse enfant, il eût pu penser que Christine n'en était point l'incompréhensible héroïne.

Elle se leva à son approche sans émotion apparente et lui tendit la main. Mais la stupéfaction de Raoul était telle qu'il restait là, anéanti, sans un geste, sans un mot.

« Eh bien ! monsieur de Chagny, s'exclama la maman Valérius. Vous ne connaissez donc plus notre Christine ? Son « bon génie » nous l'a rendu !

— Maman ! interrompit la jeune fille sur un ton bref, cependant qu'une vive rougeur lui montait jusqu'aux yeux, maman, je croyais qu'il ne serait jamais plus question de cela !... Vous savez bien qu'il n'y a pas de génie de la musique !

— Ma fille, il t'a pourtant donné des leçons pendant trois mois !

— Maman, je vous ai promis de tout vous expliquer un jour prochain ; je l'espère... mais, jusqu'à ce jour-là, vous m'avez promis le silence et de ne plus m'interroger jamais !

— Si tu me promettais, toi, de ne plus me quitter ! mais m'as-tu promis cela, Christine ?

— Maman, tout ceci ne saurait intéresser M. de Chagny...

— C'est ce qui vous trompe, mademoiselle, interrompit le jeune homme d'une voix qu'il voulait rendre ferme et brave et qui n'était encore que tremblante ; tout ce qui vous touche m'intéresse à un point que vous finirez peut-être par comprendre. Je ne vous cacherai pas que mon étonnement égale ma joie en vous retrouvant aux côtés de votre mère adoptive et que ce qui s'est passé hier entre nous, ce que vous avez pu me dire, ce que j'ai pu deviner, rien ne me faisait prévoir un aussi prompt retour. Je serais le premier à m'en réjouir si vous ne vous obstiniez point à conserver sur tout ceci un secret qui peut vous être fatal... et je suis votre ami depuis trop longtemps pour ne point m'inquiéter, avec M⁽ᵐᵉ⁾ Valérius, d'une funeste aventure qui restera dangereuse tant que nous n'en aurons point démêlé la trame et dont vous finirez bien par être victime, Christine. »

A ces mots, la maman Valérius s'agita dans son lit.

« Qu'est-ce que cela veut dire ? s'écria-t-elle... Christine est donc en danger ?

— Oui, madame... déclara courageusement Raoul, malgré les signes de Christine.

— Mon Dieu ! s'exclama, haletante, la bonne et naïve vieille. Il faut tout me dire, Christine ! Pourquoi me rassurais-tu ? Et de quel danger s'agit-il, monsieur de Chagny ?

— Un imposteur est en train d'abuser de sa bonne foi !

— L'Ange de la musique est un imposteur ?

— Elle vous a dit elle-même qu'il n'y a pas d'Ange de la musique !

— Eh ! qu'y a-t-il donc, au nom du Ciel ? supplia l'impotente ! Vous me ferez mourir !

— Il y a, madame, autour de nous, autour de vous, autour de Christine, un mystère terrestre beaucoup plus à craindre que tous les fantômes et tous les génies ! »

La maman Valérius tourna vers Christine un visage terrifié, mais celle-ci s'était déjà précipitée vers sa mère adoptive et la serrait dans ses bras :

« Ne le crois pas ! bonne maman... ne le crois pas, répétait-elle... et elle essayait, par ses caresses, de la consoler, car la vieille dame poussait des soupirs à fendre l'âme.

— Alors, dis-moi que tu ne me quitteras plus ! implora la veuve du professeur. »

Christine se taisait et Raoul reprit :

« Voilà ce qu'il faut promettre, Christine... C'est la seule chose qui puisse nous rassurer, votre mère et moi ! Nous nous engageons à ne plus vous poser une seule question sur le passé, si vous nous promettez de rester sous notre sauvegarde à l'avenir...

— C'est un engagement que je ne vous demande point, et c'est une promesse que je ne vous ferai pas ! prononça la jeune fille avec fierté. Je suis libre de mes actions, monsieur de Chagny ; vous n'avez aucun droit à les contrôler et je vous prierai de vous en dispenser désormais. Quant à ce que j'ai fait depuis quinze jours, il n'y a qu'un homme au monde qui aurait le droit d'exiger que je lui en fasse le récit : mon mari ! Or, je n'ai pas de mari, et je ne me marierai jamais ! »

Disant cela avec force, elle étendit la main du côté de Raoul, comme pour rendre ses paroles plus solennelles, et Raoul pâlit, non point seulement à cause des paroles mêmes qu'il venait d'entendre, mais parce qu'il venait d'apercevoir, au doigt de Christine, un anneau d'or.

« Vous n'avez pas de mari, et, cependant, vous portez une « alliance ».

Et il voulut saisir sa main, mais, prestement, Christine la lui avait retirée.

« C'est un cadeau ! fit-elle en rougissant encore et en s'efforçant vainement de cacher son embarras.

— Christine ! puisque vous n'avez point de mari, cet anneau ne peut vous avoir été donné que par celui qui espère le devenir ! Pourquoi nous tromper plus avant ? Pourquoi me torturer davantage ? Cet anneau est une promesse ! et cette promesse a été acceptée !

— C'est ce que je lui ai dit ! s'exclama la vieille dame.

— Et que vous a-t-elle répondu, madame ?

— Ce que j'ai voulu, s'écria Christine, exaspérée. Ne trouvez-vous point, monsieur, que cet interrogatoire a trop duré ?... Quant à moi... »

Raoul, très ému, craignit de lui laisser prononcer les paroles d'une rupture définitive. Il l'interrompit :

« Pardon de vous avoir parlé ainsi, mademoiselle... Vous savez bien quel honnête sentiment me fait me mêler, en ce moment, de choses qui, sans doute, ne me regardent pas ! Mais laissez-moi vous dire ce que j'ai vu... et j'en ai vu plus que vous ne pensez, Christine... ou ce que j'ai cru voir, en vérité, c'est bien le moins qu'en une telle aventure, on doute du témoignage de ses yeux...

— Qu'avez-vous donc vu, monsieur, ou cru voir ?

— J'ai vu votre extase *au son de la voix*,

Christine ! de la voix qui sortait du mur, ou d'une loge, ou d'un appartement à côté... oui, *votre extase !...* Et c'est cela qui, pour vous, m'épouvante !... Vous êtes sous le plus dangereux des charmes !... Et il paraît, cependant, que vous vous êtes rendue compte de l'imposture, puisque vous dites aujourd'hui qu'*il n'y a pas de Génie de la musique...* Alors, Christine, pourquoi l'avez-vous suivi cette fois encore ? Pourquoi vous êtes-vous levée, la figure rayonnante, comme si vous entendiez réellement les anges ?... Ah ! cette voix est bien dangereuse, Christine, puisque moi-même, pendant que je l'entendais, j'en étais tellement ravi, que vous êtes disparue à mes yeux sans que je puisse dire par où vous êtes passée !... Christine ! Christine ! au nom du ciel, au nom de votre père qui est au ciel et qui vous a tant aimée, et qui m'a aimé, Christine, vous allez nous dire, à votre bienfaitrice et à moi, à qui appartient cette voix ! Et malgré vous, nous vous sauverons !... Allons ! le nom de cet homme, Christine ?... De cet homme qui a eu l'audace de passer à votre doigt un anneau d'or !

— Monsieur de Chagny, déclara froidement la jeune fille, vous ne le saurez jamais !... »

Sur quoi on entendit la voix aigre de la maman Valérius qui, tout à coup, prenait le parti de Christine, en voyant avec quelle hostilité sa pupille venait de s'adresser au vicomte.

« Et si elle l'aime, monsieur le vicomte, cet homme-là, cela ne vous regarde pas encore !

— Hélas ! madame, reprit humblement Raoul, qui ne put retenir ses larmes... Hélas ! Je crois, en effet, que Christine l'aime... Tout me le prouve, mais ce n'est point là seulement ce qui fait mon désespoir, car ce dont je ne suis point sûr, madame, c'est que celui qui est aimé de Christine soit digne de cet amour !

— C'est à moi seule d'en juger, monsieur ! fit Christine en regardant Raoul bien en face et en lui montrant un visage en proie à une irritation souveraine.

— Quand on prend, continua Raoul, qui sentait ses forces l'abandonner, pour séduire une jeune fille, des moyens aussi romantiques...

— Il faut, n'est-ce pas, que l'homme soit misérable ou que la jeune fille soit bien sotte ?

— Christine !

— Raoul, pourquoi condamnez-vous un homme que vous n'avez jamais vu, que personne ne connaît et dont vous-même vous ne savez rien ?...

— Si, Christine... Si... Je sais au moins ce nom que vous prétendez me cacher pour toujours... Votre Ange de la musique, mademoiselle, s'appelle Erik !... »

Christine se trahit aussitôt. Elle devint, cette fois, blanche comme une nappe d'autel. Elle balbutia :

« Qui est-ce qui vous l'a dit ?

— Vous-même !

— Comment cela ?

— En le plaignant, l'autre soir, le soir du bal masqué. En arrivant dans votre loge, n'avez-vous point dit : « *Pauvre Erik !* » Eh bien ! Christine, il y avait, quelque part, un pauvre Raoul qui vous a entendu.

— C'est la seconde fois que vous écoutez aux portes, monsieur de Chagny !

— Je n'étais point derrière la porte !... J'étais dans la loge !... dans votre boudoir, mademoiselle.

— Malheureux ! gémit la jeune fille, qui montra les marques d'un indicible effroi... Malheureux ! Vous voulez donc qu'on vous tue ?

— Peut-être ! »

Raoul prononça ce « peut-être » avec tant d'amour et de désespoir que Christine ne put retenir un sanglot.

Elle lui prit alors les mains et le regarda avec toute la pure tendresse dont elle était capable, et le jeune homme, sous ces yeux-là, sentit que sa peine était déjà apaisée.

« Raoul, dit-elle. Il faut oublier la *voix d'homme* et ne plus vous souvenir même de son nom... et ne plus tenter jamais de pénétrer le mystère de la *voix d'homme*.

— Ce mystère est donc bien terrible ?

— Il n'en est point de plus affreux sur la terre ! »

Un silence sépara les jeunes gens. Raoul était accablé.

« Jurez-moi que vous ne ferez rien pour « savoir », insista-t-elle... Jurez-moi que vous n'entrerez plus dans ma loge si je ne vous y appelle pas.

— Vous me promettez de m'y appeler quelquefois, Christine ?

— Je vous le promets.

— Quand ?

— Demain.

— Alors, je vous jure cela ! »

Ce furent les derniers mots ce jour-là.

Il lui baisa les mains et s'en alla en maudissant Erik et en se promettant d'être patient.

XII

AU-DESSUS DES TRAPPES

Le lendemain, il la revit à l'Opéra. Elle avait toujours au doigt l'anneau d'or. Elle fut douce et bonne. Elle l'entretint des projets qu'il formait, de son avenir, de sa carrière.

Il lui apprit que son sort était décidé, qu'il faisait partie de l'expédition transafricaine et que, dans trois semaines, dans un mois au plus tard, il quitterait la France.

Elle l'engagea presque gaiement à considérer ce voyage avec joie, comme une étape de sa gloire future. Et, comme il lui répondait que la gloire sans l'amour n'offrait à ses yeux aucun charme, elle le traita en enfant dont les chagrins doivent être passagers.

Il lui dit :

« Comment pouvez-vous, Christine, parler aussi légèrement de choses aussi graves ? Nous ne nous reverrons peut-être jamais plus !... Je puis mourir pendant cette expédition !...

— Et moi aussi, » fit-elle simplement...

Elle ne souriait plus, elle ne plaisantait plus. Elle paraissait songer à une chose nouvelle qui lui entrait pour la première fois dans l'esprit. Son regard en était illuminé.

« A quoi pensez-vous, Christine ?

— Je pense que nous ne nous reverrons plus.

— Et c'est ce qui vous fait si rayonnante ?

— Et que, dans un mois, il faudra nous dire adieu... pour toujours !...

— A moins, Christine, que nous nous engagions notre foi et que nous nous attendions pour toujours. »

Elle lui mit la main sur la bouche :

« Taisez-vous, Raoul !... Il ne s'agit point de cela, vous le savez bien !... Et nous ne nous marierons jamais ! C'est entendu ! »

Elle semblait avoir peine à contenir tout à coup une joie débordante. Elle tapa dans ses mains avec une allégresse enfantine... Raoul la regardait, inquiet, sans comprendre.

« Mais... mais..., fit-elle encore, en tendant ses deux mains au jeune homme, ou plutôt en les lui donnant, comme si, soudain, elle avait résolu de lui en faire cadeau. Mais si nous ne pouvons nous marier, nous pouvons... nous, pouvons nous fiancer !... Personne ne le saura que nous, Raoul !... Il y a eu des mariages secrets !... Il peut bien y avoir des fiançailles secrètes !... Nous sommes fiancés, mon ami, pour un mois !... Dans un mois, vous partirez, et je pourrai être heureuse, avec le souvenir de ce mois-là, toute ma vie ! »

Elle était ravie de son idée... Et elle redevint grave.

« Ceci, dit-elle, *est un bonheur qui ne fera de mal à personne.* »

Raoul avait compris. Il se rua sur cette inspiration. Il voulut en faire tout de suite une réalité. Il s'inclina devant Christine avec une humilité sans pareille et dit :

« Mademoiselle, j'ai l'honneur de vous demander votre main !

— Mais vous les avez déjà toutes les deux, mon cher fiancé !... Oh ! Raoul, comme nous allons être heureux !... Nous allons jouer au futur petit mari et à la future petite femme !... »

Raoul se disait : l'imprudente ! d'ici un mois, j'aurai eu le temps de lui faire oublier ou de percer ou de détruire « le mystère de la voix d'homme », et dans un mois Christine consentira à devenir ma femme. En attendant, jouons !

Ce fut le jeu le plus joli du monde, et auquel ils se plurent comme de purs enfants qu'ils étaient. Ah ! qu'ils se dirent de merveilleuses choses ! et que de serments éternels furent échangés ! L'idée qu'il n'y aurait plus personne pour tenir ces serments-là le mois écoulé les laissait dans un trouble qu'ils goûtaient avec d'affreuses délices, entre le rire et les larmes. Ils jouaient « au cœur » comme d'autres jouent « à la balle » ; seulement, comme c'était bien leurs deux cœurs qu'ils se renvoyaient, il leur fallait être très, très adroits, pour le recevoir sans leur faire mal.

Un jour — c'était le huitième du jeu — le cœur de Raoul eut très mal et le jeune homme arrêta la partie par ces mots extravagants : « Je ne pars plus. »

Christine, qui, dans son innocence, n'avait pas songé à la possibilité de cela, découvrit tout à coup le danger du jeu et se le reprocha amèrement. Elle ne répondit pas un mot à Raoul et rentra à la maison.

Ceci se passait l'après-midi, dans la loge de la chanteuse où elle lui donnait tous ses rendez-vous et où ils s'amusaient à de véritables dînettes autour de trois biscuits, de deux verres de porto, et d'un bouquet de violettes.

Le soir, elle ne chantait pas. Et il ne reçut pas la lettre coutumière, bien qu'ils se fussent donné la permission de s'écrire tous les jours de ce mois-là. Le lendemain matin, il courut chez la maman Valérius, qui lui apprit que Christine était absente depuis deux jours. Elle était partie la veille au soir, à cinq heures, en disant qu'elle ne serait pas de retour avant le surlendemain. Raoul était bouleversé. Il détestait la maman Valérius, qui lui faisait part d'une pareille nouvelle avec une stupéfiante tranquillité. Il essaya d'en « tirer quelque chose », mais, de toute évidence, la bonne dame ne savait rien. Elle consentit simplement à répondre aux questions affolées du jeune homme :

« C'est le secret de Christine ! »

Et elle levait le doigt, disant cela avec une onction touchante qui recommandait la discrétion et qui, en même temps, avait la prétention de rassurer.

« Ah ! bien, s'exclamait méchamment Raoul, en descendant l'escalier comme un fou, ah ! bien ! les jeunes filles sont bien gardées, avec cette maman Valérius-là !... »

Où pouvait être Christine ?... Deux jours... Deux jours de moins dans leur bonheur si court ! Et ceci était de sa faute !... N'était-il point entendu qu'il devait partir ?... Et si sa ferme intention était de ne point partir, pourquoi avait-il parlé si tôt ? Il s'accusait de maladresse et fut le plus malheureux des hommes pendant quarante-huit heures, au bout desquelles Christine réapparut.

Elle réapparut dans un triomphe. Elle retrouva enfin le succès inouï de la soirée de gala. Depuis l'aventure du « crapaud », la Carlotta n'avait pu se produire en scène. La terreur d'un nouveau « couac » habitait son cœur et lui enlevait tous ses moyens ; et les lieux, témoins de son incompréhensible défaite, lui étaient devenus odieux. Elle trouva le moyen de rompre son traité. Daaé, momentanément, fut priée de tenir l'emploi vacant. Un véritable délire l'accueillit dans *la Juive*.

Le vicomte, présent à cette soirée, naturellement, fut le seul à souffrir en écoutant les mille échos de ce nouveau triomphe ; car il vit que Christine avait toujours son anneau d'or. Une voix lointaine murmurait à l'oreille du jeune homme : « Ce soir, elle a encore l'anneau d'or, et ce n'est point toi qui le lui as donné. Ce soir, elle a encore donné son âme, et ce n'était pas à toi. »

Et encore la voix le poursuivait : « Si elle ne veut point te dire ce qu'elle a fait, depuis deux jours..., si elle te cache le lieu de sa retraite, il faut l'aller demander à Erik ! »

Il courut sur le plateau. Il se mit sur son passage. Elle le vit, car ses yeux le cherchaient. Elle lui dit : « Vite ! Vite ! Venez ! » Et elle l'entraîna dans sa loge, sans plus se préoccuper de tous les courtisans de sa jeune gloire qui murmuraient, devant sa porte fermée : « C'est un scandale ! »

Raoul tomba tout de suite à ses genoux. Il lui jura qu'il partirait et la supplia de ne plus désormais retrancher une heure du bonheur idéal qu'elle lui avait promis. Elle laissa couler ses larmes. Ils s'embrassaient comme un frère et une sœur désespérés qui viennent d'être frappés par un deuil commun et qui se retrouvent pour pleurer un mort.

Soudain, elle s'arracha à la douce et timide étreinte du jeune homme, sembla écouter quelque chose que l'on ne savait pas... et, d'un geste bref, elle montra la porte à Raoul. Quand il fut sur le seuil, elle lui dit, si bas que le vicomte devina ses paroles plus qu'il ne les entendit : .

« Demain, mon cher fiancé ! Et soyez heureux, Raoul..., c'est pour vous que j'ai chanté ce soir !... »

Il revint donc.

Mais, hélas ! ces deux jours d'absence avaient rompu le charme de leur aimable mensonge. Ils se regardaient, dans la loge, sans plus se rien dire, avec leurs tristes yeux. Raoul se retenait pour ne point crier : « Je suis jaloux ! Je suis jaloux ! Je suis jaloux ! » Mais elle l'entendait tout de même.

Alors, elle dit : « Allons nous promener, mon ami, l'air nous fera du bien. »

Raoul crut qu'elle allait lui proposer quelque partie de campagne, loin de ce monument, qu'il détestait comme une prison et dont il sentait rageusement le geôlier se promener dans les murs... le geôlier Erik... Mais elle le conduisit sur la scène, et le fit asseoir sur la margelle de bois d'une fontaine, dans la paix et la fraîcheur douteuse d'un premier décor planté pour le prochain spectacle ; un autre jour, elle erra avec lui, le tenant par la main, dans les allées abandonnées d'un jardin dont les plantes grimpantes avaient été découpées par les mains habiles d'un décorateur, comme si les vrais cieux, les vraies fleurs, la vraie terre lui étaient à jamais défendus et qu'elle fût condamnée à ne plus respirer d'autre atmosphère que celle du théâtre ! Le jeune homme hésitait à lui poser la moindre question, car, comme il lui apparaissait tout de suite qu'elle n'y pouvait répondre, il redoutait de la faire inutilement souffrir. De temps en temps, un pompier passait, qui veillait de loin sur leur idylle mélancolique. Parfois, elle essayait courageusement de se tromper et de le tromper sur la beauté mensongère de ce cadre inventé pour l'illusion des hommes. Son imagination toujours vive le parait des plus éclatantes couleurs et telles, disait-elle, que la nature n'en pouvait fournir de comparables. Elle s'exaltait, cependant que Raoul, lentement, pressait sa main fiévreuse.

Elle disait :

« Voyez, Raoul, ces murailles, ces bois, ces berceaux, ces images de toile peinte, tout cela a vu les plus sublimes amours, car ici elles ont été inventées par les poètes, qui dépassent de cent coudées la taille des hommes. Dites-moi donc que notre amour se trouve bien là, mon Raoul, puisque lui aussi a été inventé, et qu'il n'est, lui aussi, hélas ! qu'une illusion ! »

Désolé, il ne répondait pas. Alors :

« Notre amour est trop triste sur la terre,

promenons-le dans le ciel !... Voyez comme c'est facile ici ! »

Et elle l'entraînait plus haut que les nuages, dans le désordre magnifique du gril, et elle se plaisait à lui donner le vertige en courant devant lui sur les ponts fragiles du cintre, parmi les milliers de cordages qui se rattachaient aux poulies, aux treuils, aux tambours, au milieu d'une véritable forêt aérienne de vergues et de mâts. S'il hésitait, elle lui disait avec une moue adorable :

« Vous, un soldat ! »

Et puis, ils redescendaient sur la terre ferme, c'est-à-dire dans quelque corridor bien solide qui les conduisait à des rires, à des danses, à de la jeunesse grondée par une voix sévère :

« Assouplissez, mesdemoiselles !... Surveillez vos pointes !... »

C'est la classe des gamines, de celles qui viennent de n'avoir plus six ans ou qui vont en avoir neuf ou dix... et elles ont déjà le corsage décolleté, le tutu léger, le pantalon blanc et les bas roses, et elles travaillent, elles travaillent de tous leurs petits pieds douloureux dans l'espoir de devenir élèves des quadrilles, coryphées, petits sujets, premières danseuses, avec beaucoup de diamants autour... En attendant, Christine leur distribue des bonbons.

Un autre jour, elle le faisait entrer dans une vaste salle de son palais, toute pleine d'oripeaux, de défroques de chevaliers, de lances, d'écus et de panaches, et elle passait en revue tous les fantômes de guerriers immobiles et couverts de poussière. Elle leur adressait de bonnes paroles, leur promettant qu'ils reverraient les soirs éclatants de lumière, et les défilés en musique devant la rampe retentissante.

Elle le promena ainsi dans tout son empire, qui était factice, mais immense, s'étendant sur dix-sept étages du rez-de-chaussée jusqu'au faîte et habité par une armée de sujets. Elle passait au milieu d'eux comme une reine populaire, encourageant les travaux, s'asseyant dans les magasins, donnant de sages conseils aux ouvrières dont les mains hésitaient à tailler dans les riches étoffes qui devaient habiller des héros. Des habitants de ce pays faisaient tous les métiers. Il y avait des savetiers et des

orfèvres. Tous avaient appris à l'aimer, car elle s'intéressait aux peines et aux petites manies de chacun. Elle savait des coins inconnus habités en secret par de vieux ménages.

Elle frappait à leur porte et leur présentait Raoul comme un prince charmant qui avait demandé sa main, et tous deux assis sur quelque accessoire vermoulu écoutaient les légendes de l'Opéra comme autrefois ils avaient, dans leur enfance, écouté les vieux contes bretons. Ces vieillards ne se rappelaient rien d'autre que l'Opéra. Ils habitaient là depuis des années innombrables. Les administrations disparues les y avaient oubliés ; les révolutions de palais les avaient ignorés ; au dehors, l'histoire de France avait passé sans qu'ils s'en fussent aperçus, et nul ne se souvenait d'eux.

Ainsi, les journées précieuses s'écoulaient et Raoul et Christine, par l'intérêt excessif qu'ils semblaient apporter aux choses extérieures, s'efforçaient maladroitement de se cacher l'un à l'autre l'unique pensée de leur cœur. Un fait certain était que Christine, qui s'était montrée jusqu'alors la plus forte, devint tout à coup nerveuse au delà de toute expression. Dans leurs expéditions, elle se prenait à courir sans raison ou bien s'arrêtait brusquement, et sa main, devenue glacée en un instant, retenait le jeune homme. Ses yeux semblaient parfois poursuivre des ombres imaginaires. Elle criait : « Par ici », puis « par ici », puis « par ici », en riant, d'un rire haletant qui se terminait souvent par des larmes. Raoul alors voulait parler, interroger malgré ses promesses, ses engagements. Mais, avant même qu'il eût formulé une question, elle répondait fébrilement :

« Rien !... je vous jure qu'il n'y a rien. »

Une fois que, sur la scène, ils passaient devant une trappe entr'ouverte, Raoul se pencha sur le gouffre obscur et dit :

« Vous m'avez fait visiter les dessus de votre empire, Christine... mais on raconte d'étranges histoires sur les dessous... Voulez-vous que nous y descendions ? »

En entendant cela, elle le prit dans ses bras, comme si elle craignait de le voir disparaître dans le trou noir, et elle lui dit tout bas en tremblant :

« Jamais !... Je vous défends d'aller là !... Et

puis, ce n'est pas à moi !... *Tout ce qui est sous la terre lui appartient !* »

Raoul plongea ses yeux dans les siens et lui dit d'une voix rude :

« *Il* habite donc là-dessous ?

— Je ne vous ai pas dit cela !... Qui est-ce qui vous a dit une chose pareille ? Allons ! venez ! Il y a des moments, Raoul, où je me demande si vous n'êtes pas fou ?... Vous entendez toujours des choses impossibles... Venez ! Venez ! »

Et elle le traînait littéralement, car il voulait rester obstinément près de la trappe, et ce trou l'attirait.

La trappe, tout d'un coup, fut fermée, et si subitement, sans qu'ils aient même aperçu la main qui la faisait agir, qu'ils en restèrent tout étourdis.

« C'est peut-être *lui* qui était là ? » finit-il par dire.

Elle haussa les épaules, mais elle ne paraissait nullement rassurée.

« Non ! non ! ce sont les « fermeurs de trappes ». Il faut bien que les « fermeurs de trappes » fassent quelque chose... Ils ouvrent et ils ferment les trappes sans raison... C'est comme les « fermeurs de portes » ; il faut bien qu'ils « passent le temps ».

— Et si c'était *lui*, Christine ?

— Mais non ! mais non ! *Il* s'est enfermé ! *il* travaille.

— Ah ! vraiment, *il* travaille ?

— Oui, *il* ne peut pas ouvrir et fermer les trappes et travailler.

« Nous sommes bien tranquilles. »

Disant cela, elle frissonnait.

« A quoi donc travaille-t-*il* ?

— Oh ! à quelque chose de terrible !... Aussi, nous sommes bien tranquilles !... Quand *il* travaille à cela, *il* ne voit rien ; *il* ne mange, ni ne boit, ni ne respire... pendant des jours et des nuits... c'est un mort vivant et *il* n'a pas le temps de s'amuser avec les trappes ! »

Elle frissonna encore, elle se pencha en écoutant du côté de la trappe... Raoul la laissait faire et dire. Il se tut. Il redoutait maintenant que le son de sa voix la fît soudain réfléchir, l'arrêtant dans le cours si fragile encore de ses confidences.

Elle ne l'avait pas quitté... elle le tenait toujours dans ses bras... elle soupira à son tour :

« Si c'était *lui* ! »

Raoul, timide, demanda :

« Vous avez peur de *lui* ? »

Elle fit :

« Mais non ! mais non ! »

Le jeune homme se donna, bien involontairement, l'attitude de la prendre en pitié, comme on fait avec un être impressionnable qui est encore en proie à un songe récent. Il avait l'air de dire :

« Parce que, vous savez, moi, je suis là ! »

Et son geste fut, presque involontairement, menaçant ; alors, Christine le regarda avec étonnement, tel un phénomène de courage et de vertu, et elle eut l'air, dans sa pensée, de mesurer à sa juste valeur tant d'inutile et audacieuse chevalerie. Elle embrassa le pauvre Raoul comme une sœur qui le récompenserait, par un accès de tendresse, d'avoir fermé son petit poing fraternel pour la défendre contre les dangers toujours possibles de la vie.

Raoul comprit et rougit de honte. Il se trouvait aussi faible qu'elle. Il se disait :

« Elle prétend qu'elle n'a pas peur, mais elle nous éloigne de la trappe en tremblant. »

C'était la vérité. Le lendemain et les jours suivants, ils allèrent loger leurs curieuses et chastes amours quasi dans les combles, bien loin des trappes. L'agitation de Christine ne faisait qu'augmenter au fur et à mesure que s'écoulaient les heures. Enfin, un après-midi, elle arriva très en retard, la figure si pâle et les yeux si rougis par un désespoir certain, que Raoul se résolut à toutes les extrémités, à celle, par exemple, qu'il lui exprima tout de go : « *de donner sa démission plutôt que de partir pour l'Afrique sans qu'elle lui eût dévoilé le secret de la voix d'homme !* »

« Taisez-vous ! Au nom du ciel, taisez-vous ! S'*il* vous entendait, malheureux Raoul ! »

Et les yeux hagards de la jeune fille faisaient autour d'eux le tour des choses.

« Je vous enlèverai à *sa* puissance, Christine, je le jure ! Et vous ne penserez même plus à *lui*, ce qui est nécessaire.

— Est-ce possible ? »

Elle se permit ce doute qui était un encouragement, en entraînant le jeune homme jusqu'au dernier étage du théâtre, « à l'altitude », là où l'on est très loin, très loin des trappes.

« Je vous cacherai dans un coin inconnu du monde, où il ne viendra pas vous chercher. Vous serez sauvée, et alors je partirai puisque vous avez juré de ne pas vous marier jamais. »

Christine se jeta sur les mains de Raoul et les lui serra avec un transport incroyable. Mais, inquiète à nouveau, elle tournait la tête.

« Plus haut ! dit-elle seulement... encore plus haut !... »

Et elle l'entraîna vers les sommets.

Il avait peine à la suivre. Ils furent bientôt sous les toits, dans le labyrinthe des charpentes. Ils glissaient entre les arcs-boutants, les chevrons, les jambes de force, les pans, les versants et les rampants ; ils couraient de poutre en poutre comme, dans une forêt, ils eussent couru d'arbre en arbre, aux troncs formidables...

Et, malgré la précaution qu'elle avait de regarder à chaque instant, derrière elle, elle ne vit point une ombre qui la suivait comme son ombre, qui s'arrêtait avec elle, qui repartait quand elle repartait et qui ne faisait pas plus de bruit que n'en doit faire une ombre. Raoul, lui, ne s'aperçut de rien, car, quand il avait Christine devant lui, rien ne l'intéressait de ce qui se passait derrière eux.

XIII

LA LYRE D'APOLLON

Ainsi, ils arrivèrent aux toits. Elle glissait sur eux, légère et familière comme une hirondelle. Leur regard, entre les trois dômes et le fronton triangulaire, parcourut l'espace désert. Elle respira avec force, au-dessus de Paris dont on découvrait toute la vallée en travail. Elle regarda Raoul avec confiance. Elle l'appela tout près d'elle, et côte à côte ils marchèrent, tout là-haut, sur les rues de zinc, dans les avenues en fonte ; ils mirèrent leur forme jumelle dans les vastes réservoirs pleins d'une eau immobile où, dans la bonne saison, les gamins de la danse, une vingtaine de petits garçons plongent et apprennent à nager. L'ombre derrière eux, toujours fidèle à leurs pas, avait surgi, s'aplatissant sur les toits,

s'allongeant avec des mouvements d'ailes noires, aux carrefours des ruelles de fer, tournant autour des bassins, contournant, silencieuse, les dômes ; et les malheureux enfants ne se doutèrent point de sa présence, quand ils s'assirent enfin, confiants, sous la haute protection d'Apollon, qui dressait de son geste de bronze, sa prodigieuse lyre, au cœur d'un ciel en feu.

Un soir enflammé de printemps les entourait. Des nuages, qui venaient de recevoir du couchant leur robe légère d'or et de pourpre, passaient lentement en la laissant traîner au-dessus des jeunes gens ; et Christine dit à Raoul :

« Bientôt, nous irons plus loin et plus vite que les nuages, au bout du monde, et puis vous m'abandonnerez, Raoul. Mais si, le moment venu pour vous de m'enlever, je ne consentais plus à vous suivre, eh bien ! Raoul, vous m'emporteriez ! »

Avec quelle force, qui semblait dirigée contre elle-même, elle lui dit cela, pendant qu'elle se serrait nerveusement contre lui. Le jeune homme en fut frappé.

« Vous craignez donc de changer d'avis, Christine ?

— Je ne sais pas, fit-elle en secouant bizarrement la tête. C'est un démon ! »

Et elle frissonna. Elle se blottit dans ses bras avec un gémissement.

« Maintenant, j'ai peur de retourner habiter avec lui : dans la terre !

— Qu'est-ce qui vous force à y retourner, Christine ?

— Si je ne retourne pas auprès de lui, il peut arriver de grands malheurs !... Mais je ne peux plus !... Je sais bien qu'il faut avoir pitié des gens qui habitent « sous la terre... » Mais celui-là est trop horrible ! Et cependant, le moment approche ; je n'ai plus qu'un jour ? et si je ne viens pas, c'est lui qui viendra me chercher avec sa voix. Il m'entraînera avec lui, chez lui, sous la terre, et il se mettra à genoux devant moi, avec sa tête de mort ! Et il me dira qu'il m'aime ! Et il pleurera ! Ah ! ces larmes ! Raoul ! ces larmes dans les deux trous noirs de la tête de mort ! Je ne peux plus voir couler ces larmes ! »

Elle se tordit affreusement les mains, pendant que Raoul, pris lui-même à ce désespoir contagieux, la pressait contre son cœur :

« Non ! non ! Vous ne l'entendrez plus dire qu'il vous aime ! Vous ne verrez plus couler ses larmes ! Fuyons... Tout de suite, Christine, fuyons ! »

Et déjà il voulait l'entraîner.

Mais elle l'arrêta.

« Non, non, fit-elle, en hochant douloureusement la tête, pas maintenant !... Ce serait trop cruel... Laissez-le m'entendre chanter encore demain soir, une dernière fois... et puis, nous nous en irons. A minuit, vous viendrez me chercher dans ma loge ; à minuit exactement. A ce moment, il m'attendra dans la salle à manger du lac... nous serons libres et vous m'emporterez... car je sens bien que, cette fois, si j'y retourne, je n'en reviendrai peut-être jamais... »

Elle ajouta :

« Vous ne pouvez pas comprendre !... »

Et elle poussa un soupir auquel il sembla que, derrière elle, un autre soupir avait répondu.

« Vous n'avez pas entendu ? »

Elle claquait des dents.

« Non, assura Raoul, je n'ai rien entendu...

— C'est trop affreux, avoua-t-elle, de trembler tout le temps comme cela !... Et cependant, ici, nous ne courons aucun danger : nous sommes chez nous, chez moi, dans le ciel, en plein air, en plein jour. Le soleil est en flammes, et les oiseaux de nuit n'aiment pas à regarder le soleil ! Je ne *l'ai* jamais vu à la lumière du jour... Ce doit être horrible !... balbutia-t-elle, en tournant vers Raoul des yeux égarés. Ah ! la première fois que je *l'ai* vu !... J'ai cru qu'*il* allait mourir !

— Pourquoi ? demanda Raoul, réellement effrayé du ton que prenait cette étrange et formidable confidence... pourquoi avez-vous cru qu'il allait mourir ?

— Pourquoi ?... Parce que je l'avais vu !!! »

. . . .

Cette fois, Raoul et Christine se retournèrent en même temps.

« Il y a quelqu'un ici qui souffre ! fit Raoul, peut-être un blessé... Vous avez entendu ?

— Moi, je ne pourrais vous dire, avoua Christine, *même quand il n'est pas là, mes*

oreilles *sont pleines de ses soupirs*... Cependant, si vous avez entendu... »

Ils se levèrent, regardèrent autour d'eux... Ils étaient bien tout seuls sur l'immense toit de plomb. Ils se rassirent. Raoul demanda :

« Comment l'avez-vous vu pour la première fois ?

— Il y avait trois mois que je l'entendais sans le voir. La première fois que je l'ai « entendu », j'ai cru, comme vous, que cette voix adorable, qui s'était mise tout à coup à chanter *à mes côtés*, chantait dans une loge prochaine. Je sortis, et je la cherchai partout ; mais ma loge est très isolée, Raoul, comme vous le savez, et il me fut impossible de trouver la voix hors de ma loge, tandis qu'elle restait fidèlement dans ma loge. Et non seulement elle chantait, mais elle me parlait, elle répondait à mes questions comme une véritable voix d'homme, avec cette différence qu'elle était belle comme la voix d'un ange. Comment expliquer un aussi incroyable phénomène ? Je n'avais jamais cessé de songer à l' « ange de la musique » que mon pauvre papa m'avait promis de m'envoyer aussitôt qu'il serait mort. J'ose vous parler d'un semblable enfantillage, Raoul, parce que vous avez connu mon père, et qu'il vous a aimé et que vous avez cru, en même temps que moi, lorsque vous étiez tout petit, à l' « ange de la musique », et que je suis bien sûre que vous ne sourirez pas, ni que vous vous moquerez. J'avais conservé, mon ami, l'âme tendre et crédule de la petite Lotte et ce n'est point la compagnie de la maman Valérius qui me l'eût ôtée. Je portai cette petite âme toute blanche entre mes mains naïves et naïvement je la tendis, je l'offris à la voix d'homme, croyant l'offrir à l'ange. La faute en fut certainement, pour un peu, à ma mère adoptive, à qui je ne cachais rien de l'inexplicable phénomène. Elle fut la première à me dire : « Ce doit être l'Ange ; en tout cas, tu peux toujours le lui demander. » C'est ce que je fis et la voix d'homme me répondit qu'en effet elle était la voix d'ange que j'attendais et que mon père m'avait promise en mourant. A partir de ce moment, une grande intimité s'établit entre la voix et moi, et j'eus en elle une confiance absolue. Elle me dit qu'elle était descendue sur la terre pour me faire goûter aux joies suprêmes de l'art éternel, et elle me demanda la permission de me donner des leçons de musique, tous les jours. J'y consentis avec une ardeur fervente et ne manquai aucun des rendez-vous qu'elle me donnait, dès la première heure, dans ma loge, quand ce coin d'Opéra était tout à fait désert. Vous dire quelles furent ces leçons ! Vous-même, qui avez entendu la voix, ne pouvez vous en faire une idée.

— Evidemment, non ! je ne puis m'en faire une idée, affirma le jeune homme. Avec quoi vous accompagniez-vous ?

— Avec une musique que j'ignore, qui était derrière le mur et qui était d'une justesse incomparable. Et puis, on eût dit, mon ami, que la Voix savait exactement à quel point mon père, en mourant, m'avait laissé de mes travaux et de quelle simple méthode aussi il avait usé ; et ainsi, me rappelant ou, plutôt, mon organe se rappelant toutes les leçons passées et en bénéficiant du coup, avec les présentes, je fis des progrès prodigieux et tels que, dans d'autres conditions, ils eussent demandé des années ! Songez que je suis assez délicate, mon ami, et que ma voix était d'abord peu caractérisée ; les cordes basses s'en trouvaient naturellement peu développées ; les tons aigus étaient assez durs et le médium voilé. C'est contre tous ces défauts que mon père avait combattu et triomphé un instant ; ce sont ces défauts que la Voix vainquit définitivement. Peu à peu, j'augmentai le volume des sons dans des proportions que ma faiblesse passée ne me permettait pas d'espérer : j'appris à donner à ma respiration la plus large portée. Mais surtout la Voix me confia le secret de développer les sons de poitrine dans une voix de soprano. Enfin, elle enveloppa tout cela du feu sacré de l'inspiration, elle éveilla en moi une vie ardente, dévorante, sublime. La Voix avait la vertu, en se faisant entendre, de m'élever jusqu'à elle. Elle me mettait à l'unisson de son envolée superbe. L'âme de la Voix habitait ma bouche et y soufflait l'harmonie !

« Au bout de quelques semaines, je ne me reconnaissais plus quand je chantais !... J'en étais même épouvantée... j'eus peur, un instant, qu'il y eût là-dessous quelque sortilège ;

mais la maman Valérius me rassura. Elle me savait trop simple fille, disait-elle, pour donner prise au démon.

« Mes progrès étaient restés secrets, entre la Voix, la maman Valérius et moi, sur l'ordre même de la Voix. Chose curieuse, hors de la loge, je chantais avec ma voix de tous les jours et personne ne s'apercevait de rien. Je faisais tout ce que voulait la Voix. Elle me disait : « Il faut attendre... vous verrez ! nous étonnerons Paris ! » Et j'attendais. Je vivais dans une espèce de rêve extatique où commandait la Voix. Sur ces entrefaites, Raoul, je vous aperçus, un soir, dans la salle. Ma joie fut telle que je ne pensai même point à la cacher en rentrant dans ma loge. Pour notre malheur, la Voix y était déjà et elle vit bien, à mon air, qu'il y avait quelque chose de nouveau. Elle me demanda « ce que j'avais » et je ne vis aucun inconvénient à lui raconter notre douce histoire, ni à lui dissimuler la place que vous teniez dans mon cœur. Alors, la Voix se tut : je l'appelai, elle ne me répondit point ; je la suppliai, ce fut en vain. J'eus une terreur folle qu'elle fût partie pour toujours ! Plût à Dieu, mon ami !... Je rentrai chez moi, ce soir-là, dans un état désespéré. Je me jetai au cou de maman Valérius en lui disant : « Tu sais, la Voix est partie ! Elle ne reviendra peut-être jamais plus ! » Et elle fut aussi effrayée que moi et me demanda des explications. Je lui racontai tout. Elle me dit : « Parbleu ! la Voix est jalouse ! » Ceci, mon ami, me fit réfléchir que je vous aimais... »

Ici, Christine s'arrêta un instant. Elle pencha la tête sur le sein de Raoul et ils restèrent un moment silencieux, dans les bras l'un de l'autre. L'émotion qui les étreignait était telle qu'ils ne virent point, ou plutôt qu'ils ne sentirent point se déplacer, à quelques pas d'eux, l'ombre rampante de deux grandes ailes noires qui se rapprocha, au ras des toits, si près, si près d'eux, qu'elle eût pu, en se refermant sur eux, les étouffer...

« Le lendemain, reprit Christine avec un profond soupir, je revins dans ma loge toute pensive. La Voix y était. O mon ami ! Elle me parla avec une grande tristesse. Elle me déclara tout net que, si je devais donner mon cœur sur la terre, elle n'avait plus, elle, la

Voix, qu'à remonter au ciel. Et elle me dit cela avec un tel accent de douleur *humaine* que j'aurais dû, dès ce jour-là, me méfier et commencer à comprendre que j'avais été étrangement victime de mes sens abusés. Mais ma foi dans cette apparition de Voix, à laquelle était mêlée si intimement la pensée de mon père, était encore entière. Je ne craignais rien tant que de ne la plus entendre ; d'autre part, j'avais réfléchi sur le sentiment qui me portait vers vous ; j'en avais mesuré tout l'inutile danger ; j'ignorais même si vous vous souveniez de moi. Quoi qu'il arrivât, votre situation dans le monde m'interdisait à jamais la pensée d'une honnête union ; je jurai à la Voix que vous n'étiez rien pour moi qu'un frère et que vous ne seriez jamais rien d'autre et que mon cœur était vide de tout amour terrestre... Et voici la raison, mon ami, pour laquelle je détournais mes yeux quand, sur le plateau ou dans les corridors, vous cherchiez à attirer mon attention, la raison pour laquelle je ne vous reconnaissais pas... pour laquelle je ne vous voyais pas !... Pendant ce temps, les heures de leçons entre la Voix et moi, se passaient dans un divin délire. Jamais la beauté des sons ne m'avait possédée à ce point et un jour la Voix me dit : « Va, maintenant, Christine Daaé, tu peux apporter aux hommes un peu de la musique du ciel ! »

« Comment ce soir-là, qui était le soir de gala, la Carlotta ne vint-elle pas au théâtre ? Comment ai-je été appelée à la remplacer ? Je ne sais ; mais je chantai... je chantai avec un transport inconnu ; j'étais légère comme si l'on m'avait donné des ailes ; je crus un instant que mon âme embrasée avait quitté son corps !

— O Christine ! fit Raoul, dont les yeux étaient humides à ce souvenir, ce soir-là, mon cœur a vibré à chaque accent de votre voix. J'ai vu vos larmes couler sur vos joues pâles, et j'ai pleuré avec vous. Comment pouviez-vous chanter, chanter en pleurant ?

— Mes forces m'abandonnèrent, dit Christine, je fermai les yeux... Quand je les rouvris, vous étiez à mes côtés ! Mais la Voix aussi y était, Raoul !... J'eus peur pour vous et encore, cette fois, je ne voulus point vous reconnaître et je me mis à rire quand vous m'avez rappelé

que vous aviez ramassé mon écharpe dans la mer !...

« Hélas ! on ne trompe pas la Voix !... Elle vous avait bien reconnu, elle !... Et la Voix était jalouse !... Les deux jours suivants, elle me fit des scènes atroces. Elle me disait : « Vous l'aimez ! si vous ne l'aimiez pas, vous ne le fuiriez pas ! C'est un ancien ami à qui vous serreriez la main, comme à tous les autres... Si vous ne l'aimiez pas, vous ne craindriez pas de vous trouver, dans votre loge, seule avec lui et avec moi !... Si vous ne l'aimiez pas, vous ne le chasseriez pas !...

« — C'est assez, fis-je à la Voix irritée ; demain, je dois aller à Perros, sur la tombe de mon père ; je prierai M. Raoul de Chagny de m'y accompagner.

« — A votre aise, répondit-elle, mais sachez que moi aussi je serai à Perros, car je suis partout où vous êtes, Christine, et si vous êtes toujours digne de moi, si vous ne m'avez pas menti, je vous jouerai, à minuit sonnant, sur la tombe de votre père, la *Résurrection de Lazare*, avec le violon du mort.

« Ainsi, je fus conduite, mon ami, à vous écrire la lettre qui vous amena à Perros. Comment ai-je pu être à ce point trompée ? Comment, devant les préoccupations aussi personnelles de la Voix, ne me suis-je point doutée de quelque imposture ? Hélas ! je ne me possédais plus : j'étais sa chose !... Et les moyens dont disposait la Voix devaient facilement abuser une enfant telle que moi !

— Mais enfin, s'écria Raoul, à ce point du récit de Christine où elle semblait déplorer avec des larmes la trop parfaite innocence d'un esprit bien peu « avisé »... mais enfin vous avez bientôt su la vérité !... Comment n'êtes-vous point sortie aussitôt de cet abominable cauchemar ?

— Apprendre la vérité !... Raoul !... Sortir de ce cauchemar !... Mais je n'y suis entrée, malheureux, dans ce cauchemar, que du jour où j'ai connu cette vérité !... Taisez-vous ! Taisez-vous ! Je ne vous ai rien dit... et maintenant que nous allons descendre du ciel sur la terre, plaignez-moi, Raoul !... plaignez-moi ! Un soir, soir fatal... tenez... c'était le soir où Carlotta put se croire transformée sur la scène en hideux crapaud et où elle se prit à pousser des cris comme si elle avait habité toute sa vie au bord des marais... le soir où la salle fut tout à coup plongée dans l'obscurité, sous le coup de tonnerre du lustre qui s'écrasait sur le parquet... Il y eut ce soir-là des morts et des blessés, et tout le théâtre retentissait des plus tristes clameurs.

« Ma première pensée, Raoul, dans l'éclat de la catastrophe, fut en même temps pour vous et pour la Voix, car vous étiez, à cette époque, les deux égales moitiés de mon cœur. Je fus tout de suite rassurée en ce qui vous concernait, car je vous avais vu dans la loge de votre frère et je savais que vous ne couriez aucun danger. Quant à la Voix, elle m'avait annoncé qu'elle assisterait à la représentation, et j'eus peur pour elle; oui, réellement peur, comme si elle avait été « une personne ordinaire vivante qui fût capable de mourir ». Je me disais : « Mon Dieu ! le lustre a peut-être écrasé la Voix. » Je me trouvais alors sur la scène, et affolée à ce point que je me disposais à courir dans la salle chercher la Voix parmi les morts et les blessés, quand cette idée me vint que, s'il ne lui était rien arrivé de fâcheux, elle devait être déjà dans ma loge, où elle aurait hâte de me rassurer. Je ne fis qu'un bond jusqu'à ma loge. La Voix n'y était pas. Je m'enfermai dans ma loge, et, les larmes aux yeux, je la suppliai, si elle était encore vivante, de se manifester à moi. La Voix ne me répondit pas, mais, tout à coup, j'entendis un long, un admirable gémissement que je connaissais bien. C'était la plainte de Lazare, quand, à la voix de Jésus, il commence à soulever ses paupières et à revoir la lumière du jour. C'étaient les pleurs du violon de mon père. Je reconnaissais le coup d'archet de Daaé, le même, Raoul, qui nous tenait jadis immobiles sur les chemins de Perros, le même qui avait « enchanté » la nuit du cimetière. Et puis, ce fut encore, sur l'instrument invisible et triomphant, le cri d'allégresse de la Vie, et la Voix, se faisant entendre enfin, se mit à chanter la phrase dominatrice et souveraine : « Viens ! et crois en moi ! Ceux qui ont cru en moi revivront ! Marche ! Ceux qui ont cru en moi ne sauraient mourir ! » Je ne saurais vous dire l'impression que je reçus de cette musique, qui chantait la vie éternelle dans le mo-

ment qu'à côté de nous, de pauvres malheureux, écrasés par ce lustre fatal, rendaient l'âme... Il me sembla qu'elle me commandait à moi aussi de venir, de me lever, de marcher vers elle. Elle s'éloignait, je la suivis. « Viens ! et crois en moi ! » Je croyais en elle, je venais... je venais, et, chose extraordinaire, ma loge, devant mes pas, paraissait s'allonger... s'allonger... Evidemment, il devait y avoir là un effet de glace... car j'avais la glace devant moi... Et, tout à coup, je me suis trouvée hors de ma loge, sans savoir comment. »

Raoul interrompit ici brusquement la jeune fille :

« Comment ! Sans savoir comment ? Christine ! Christine ! Il faudrait essayer de ne plus rêver !

— Eh ! pauvre ami, je ne rêvais pas ! Je me trouvais hors de ma loge sans savoir comment ! Vous qui m'avez vue disparaître de ma loge, un soir, mon ami, vous pourriez peut-être m'expliquer cela, mais moi je ne le puis pas !... Je ne puis vous dire qu'une chose, c'est que, me trouvant devant ma glace, je ne l'ai plus vue tout à coup devant moi et que je l'ai cherchée derrière... mais il n'y avait plus de glace, plus de loge... J'étais dans un corridor obscur, j'eus peur et je criai !

« Tout était noir autour de moi ; au loin, une faible lueur rouge éclairait un angle de muraille, un coin de carrefour. Je criai. Ma voix seule emplissait les murs, car le chant et les violons s'étaient tus. Et voilà que, soudain, dans le noir, une main se posait sur la mienne... ou plutôt, quelque chose d'osseux et de glacé qui m'emprisonna le poignet et ne me lâcha plus. Je criai. Un bras m'emprisonna la taille et je fus soulevée... Je me débattis un instant dans de l'horreur ; mes doigts glissèrent au long des pierres humides, où ils ne s'accrochèrent point. Et puis, je ne remuai plus, j'ai cru que j'allais mourir d'épouvante. On m'emportait vers la petite lueur rouge ; nous entrâmes dans cette lueur et alors je vis que j'étais entre les mains d'un homme enveloppé d'un grand manteau noir et qui avait un masque qui lui cachait tout le visage... Je tentai un effort suprême : mes membres se raidirent, ma bouche s'ouvrit encore pour hurler mon effroi, mais une main la ferma, une main que je sentis sur mes lèvres, sur ma chair... et qui sentait la mort ! Je m'évanouis.

« Combien de temps restai-je sans connaissance ? Je ne saurais le dire. Quand je rouvris les yeux, nous étions toujours, l'homme noir et moi, au sein des ténèbres. Une lanterne sourde, posée par terre, éclairait le jaillissement d'une fontaine. L'eau, clapotante, sortie de la muraille, disparaissait presque aussitôt sous le sol sur lequel j'étais étendue ; ma tête reposait sur le genou de l'homme au manteau et au masque noir et mon silencieux compagnon me rafraîchissait les tempes avec un soin, une attention, une délicatesse qui me parurent plus horribles à supporter que la brutalité de son enlèvement de tout à l'heure. Ses mains, si légères fussent-elles, n'en sentaient pas moins la mort. Je les repoussai, mais sans force. Je demandai dans un souffle : « Qui êtes-vous ? où est la Voix ? » Seul un soupir me répondit. Tout à coup, un souffle chaud me passa sur le visage et vaguement, dans les ténèbres, à côté de la forme noire de l'homme, je distinguai une forme blanche. Et aussitôt, un joyeux hennissement vint frapper mes oreilles stupéfaites et je murmurai : « César ! » La bête tressaillit. Mon ami, j'étais à demi couchée sur une selle et j'avais reconnu le cheval blanc du *Prophète*, que j'avais gâté si souvent de friandises. Or, un soir, le bruit s'était répandu dans le théâtre que cette bête avait disparu et qu'elle avait été volée par le fantôme de l'Opéra. Moi, je croyais à la Voix : je n'avais jamais cru au fantôme, et voilà cependant que je me demandai en frissonnant si je n'étais pas la prisonnière du fantôme ! J'appelai, du fond du cœur, la Voix à mon secours, car jamais je ne me serais imaginée que la Voix et le fantôme étaient tout un ! Vous avez entendu parler du fantôme de l'Opéra, Raoul ?

— Oui, répondit le jeune homme... Mais dites-moi, Christine, que vous arriva-t-il quand vous fûtes sur le cheval blanc du *Prophète ?*

— Je ne fis aucun mouvement et me laissai conduire... Peu à peu, une étrange torpeur succédait à l'état d'angoisse et de terreur où m'avait jetée cette infernale aventure. La forme noire me soutenait et je ne faisais plus rien pour lui échapper. Une paix singulière était répandue en moi et je pensais que j'étais sous l'influence bienfaisante de quelque élixir. J'avais la pleine disposition de mes sens. Mes yeux se faisaient aux ténèbres qui, du reste, s'éclairaient, çà et là, de lueurs brèves... Je jugeai que nous étions dans une étroite galerie circulaire et j'imaginai que cette galerie faisait le tour de l'Opéra, qui, sous terre, est immense. Une fois, mon ami, une seule fois, j'étais descendue dans ces dessous qui sont prodigieux, mais je m'étais arrêtée au troisième étage, n'osant pas aller plus avant dans la terre. Et, cependant, deux étages encore, où l'on aurait pu loger une ville, s'ouvraient sous mes pieds. Mais les figures qui m'étaient apparues m'avaient fait fuir. Il y a là des démons, tout noirs devant des chaudières, et ils agitent des pelles, des fourches, excitent des brasiers, allument des flammes, vous menacent, si l'on en approche, en ouvrant tout à coup sur vous la gueule rouge des fours !... Or, pendant que César, tranquillement, dans cette nuit de cauchemar, me portait sur son dos, j'aperçus tout à coup, loin, très loin, et tout petits, tout petits, comme au bout d'une lunette retournée, les démons noirs devant les brasiers rouges de leurs calorifères... Ils apparaissaient... Ils disparaissaient... Ils réapparaissaient au gré bizarre de notre marche... Enfin, ils disparurent tout à fait. La forme d'homme me soutenait toujours, et César marchait sans guide et le pied sûr... Je ne pourrais vous dire, même approximativement, combien de temps ce voyage, dans la nuit, dura ; j'avais seulement l'idée que nous tournions ! que nous tournions ! que nous descendions suivant une inflexible spirale jusqu'au cœur même des abîmes de la terre ; et encore, n'était-ce point ma tête qui tournait ?... Toutefois, je ne le pense pas. Non ! J'étais incroyablement lucide. César, un instant, dressa ses narines, huma l'atmosphère et accéléra un peu sa marche. Je sentis l'air humide et puis César s'arrêta. La nuit s'était éclaircie. Une lueur blanchâtre nous entourait. Je regardai où nous nous trouvions. Nous étions au bord d'un lac dont les eaux de plomb se perdaient au loin, dans le noir... mais la lumière bleue éclairait cette rive et j'y vis une petite barque, attachée à un anneau de fer, sur le quai !

« Certes, je savais que tout cela existait, et la

vision de ce lac et de cette barque sous la terre n'avait rien de surnaturel. Mais songez aux conditions exceptionnelles dans lesquelles j'abordai ce rivage. Les âmes des morts ne devaient point ressentir plus d'inquiétude en abordant le Styx. Caron n'était certainement pas plus lugubre ni plus muet que la forme d'homme qui me transporta dans la barque. L'élixir avait-il épuisé son effet? la fraîcheur de ces lieux suffisait-elle à me rendre complètement à moi-même? Mais ma torpeur s'évanouissait, et je fis quelques mouvements qui dénotaient le recommencement de ma terreur. Mon sinistre compagnon dut s'en apercevoir, car, d'un geste rapide, il congédia César qui s'enfuit dans les ténèbres de la galerie et dont j'entendis les quatre fers battre les marches sonores d'un escalier, puis l'homme se jeta dans la barque qu'il délivra de son lien de fer ; il s'empara des rames et rama avec force et promptitude. Ses yeux, sous le masque, ne me quittaient pas ; je sentais sur moi le poids de leurs prunelles immobiles. L'eau, autour de nous, ne faisait aucun bruit. Nous glissions dans cette lueur bleuâtre que je vous ai dite et puis nous fûmes à nouveau tout à fait dans la nuit, et nous abordâmes. La barque heurta un corps dur. Et je fus encore emportée dans des bras. J'avais recouvré la force de crier. Je hurlai. Et puis, tout à coup, je me tus, assommée par la lumière. Oui, une lumière éclatante, au milieu de laquelle on m'avait déposée... Je me relevai, d'un bond. J'avais toutes mes forces. Au centre d'un salon qui ne me semblait paré, orné, meublé que de fleurs, de fleurs magnifiques et stupides à cause de rubans de soie qui les liaient à des corbeilles, comme on en vend dans les boutiques des boulevards, de fleurs trop civilisées comme celles que j'avais coutume de trouver dans ma loge après chaque « première » ; au centre de cet embaumement très parisien, la forme noire d'homme au masque se tenait debout, les bras croisés... et elle parla :

« — Rassurez-vous, Christine, dit-elle ; vous ne courez aucun danger.

« *C'était la Voix!* Ma fureur égala ma stupéfaction. Je sautai sur ce masque et voulus l'arracher, pour connaître le visage de la Voix. La forme d'homme me dit :

« — Vous ne courez aucun danger, si vous ne touchez pas au masque !

« Et m'emprisonnant doucement les poignets, elle me fit asseoir.

« Et puis, elle se mit à genoux devant moi, et ne dit plus rien !

« L'humilité de ce geste me redonna quelque courage ; la lumière, en précisant toute chose autour de moi, me rendit à la réalité de la vie. Si extraordinaire qu'elle apparaissait, l'aventure s'entourait maintenant de choses mortelles que je pouvais voir et toucher. Les tapisseries de ces murs, ces meubles, ces flambeaux, ces vases et jusqu'à ces fleurs dont j'eus pu dire presque d'où elles venaient, dans leurs bannettes dorées, et combien elles avaient coûté, enfermaient fatalement mon imagination dans les limites d'un salon aussi banal que bien d'autres qui avaient au moins cette excuse de n'être point situés dans les dessous de l'Opéra. J'avais sans doute affaire à quelque effroyable original qui, mystérieusement, s'était logé dans les caves, comme d'autres, par besoin, et avec la muette complicité de l'administration, avaient trouvé un définitif abri dans les combles de cette tour de Babel moderne, où l'on intriguait, où l'on chantait dans toutes les langues, où l'on aimait dans tous les patois.

« Et alors, la *Voix*, la *Voix* que j'avais reconnue sous le masque, lequel n'avait pas pu me la cacher, *c'était cela qui était à genoux devant moi : un homme !*

« Je ne songeai même plus à l'horrible situation où je me trouvais, je ne demandai même pas ce qui allait advenir de moi et quel était le dessein obscur et froidement tyrannique qui m'avait conduite dans ce salon comme on enferme un prisonnier dans une geôle, une esclave au harem. Non ! non ! non ! je me disais : la Voix, c'est cela : un homme ! et je me mis à pleurer.

« L'homme, toujours à genoux, comprit sans doute le sens de mes larmes, car il dit :

« — C'est vrai, Christine... Je ne suis ni ange, ni génie, ni fantôme... Je suis Erik ! »

Ici encore, le récit de Christine fut interrompu. Il sembla aux jeunes gens que l'écho avait répété, derrière eux : Erik !... » Quel écho ?... Ils se retournèrent, et ils s'aperçurent que la nuit était venue. Raoul fit un mouvement comme pour se lever, mais Christine le retint près d'elle :

« Restez ! Il faut que vous sachiez tout ici !

— Pourquoi ici, Christine ? Je crains pour vous la fraîcheur de la nuit.

— Nous ne devons craindre que les trappes, mon ami, et, ici, nous sommes au bout du monde des trappes... et je n'ai point le droit de vous voir hors du théâtre... Ce n'est pas le moment de le contrarier... N'éveillons pas ses soupçons...

— Christine ! Christine ! quelque chose me dit que nous avons tort d'attendre à demain soir et que nous devrions fuir tout de suite !

— Je vous dis que, s'il ne m'entend pas chanter demain soir, il en aura une peine infinie.

— Il est difficile de ne point causer de peine à Erik et de le fuir pour toujours...

— Vous avez raison, Raoul, en cela... car, certainement, de ma fuite, il mourra... »

La jeune fille ajouta d'une voix sourde :

« Mais aussi, la partie est égale... car nous risquons qu'il nous tue.

— Il vous aime donc bien ?

— Jusqu'au crime !

— Mais sa demeure n'est pas introuvable... On peut l'y aller chercher. Du moment qu'Erik n'est pas un fantôme, on peut lui parler et même le forcer à répondre ! »

Christine secoua la tête :

« Non ! non ! On ne peut rien contre Erik !... On ne peut que fuir !

— Et comment, pouvant fuir, êtes-vous retournée près de lui ?

— Parce qu'il le fallait... Et vous comprendrez cela quand vous saurez comment je suis sortie de chez lui ?...

— Ah je le hais bien !... s'écria Raoul... et vous, Christine, dites-moi... j'ai besoin que vous me disiez cela pour écouter avec plus de calme la suite de cette extraordinaire histoire d'amour... et vous, le haïssez-vous ?

— Non ! fit Christine simplement.

— Eh ! pourquoi tant de paroles ?... Vous l'aimez certainement ! Votre peur, vos terreurs, tout cela, c'est encore de l'amour et du plus délicieux ! Celui que l'on ne s'avoue pas, expliqua Raoul avec amertume. Celui qui vous donne, quand on y songe, le frisson... Pensez donc, un homme qui habite un palais sous la terre ! »

Et il ricana...

« Vous voulez donc que j'y retourne ! interrompit brutalement la jeune fille... Prenez garde, Raoul, je vous l'ai dit : je n'en reviendrais plus ! »

Il y eut un silence effrayant entre eux trois... les deux qui parlaient et l'ombre qui écoutait, derrière...

« Avant de vous répondre, fit enfin Raoul d'une voix lente, je désirerais savoir quel sentiment *il* vous inspire, puisque vous ne le haïssez pas...

— De l'horreur ! dit-elle... Et elle jeta ces mots avec une telle force, qu'ils couvrirent les soupirs de la nuit.

— C'est ce qu'il y a de terrible, reprit-elle, dans une fièvre croissante... Je l'ai en horreur et je ne le déteste pas. Comment le haïr, Roul ? Voyez Erik à mes pieds, dans la demeure du lac, sous la terre. Il s'accuse, il se maudit, il implore mon pardon !...

Il avoue son imposture. Il m'aime ! Il met à mes pieds un immense et tragique amour !... Il m'a volée par amour !... mais il me respecte, mais il rampe, mais il gémit, mais il pleure !... Et quand je me lève, Raoul, quand je lui dis que je ne puis que le mépriser s'il ne me rend pas sur-le-champ cette liberté, qu'il m'a prise, chose incroyable... il me l'offre... je n'ai qu'à partir... Il est prêt à me montrer le mystérieux chemin ;... seulement... seulement il s'est levé, lui aussi, et je suis bien obligée de me souvenir que, s'il n'est ni fantôme, ni ange, ni génie, il est toujours la Voix, car il chante !...

Et je l'écoute..., et je reste !...

Ce soir-là, nous n'échangeâmes plus une parole... Il avait saisi une harpe et il commença de me chanter, lui, voix d'homme, voix d'ange, la romance de Desdémone. Le souvenir que j'en avais de l'avoir chantée moi-même me rendait honteuse. Mon ami, il y a une vertu dans la musique qui fait que rien n'existe plus du monde extérieur en dehors de ces sons qui vous viennent frapper le cœur. Mon extravagante aventure fut oubliée. Seule revivait la voix et je la suivais enivrée dans son voyage harmonieux ; je faisais partie du troupeau d'Orphée ! Elle me promena dans la douleur, et dans la joie, dans le martyre, dans le désespoir, dans l'allégresse, dans la mort et dans les triomphants hyménées... J'écoutais... Elle chantait... Elle me chanta des morceaux inconnus... et me fit entendre une musique nouvelle qui me causa une étrange impression de douleur, de langueur, de repos... une musique qui, après avoir soulevé mon âme, l'apaisa peu à peu, et la conduisit jusqu'au seuil du rêve. Je m'endormis.

Quand je me réveillai, j'étais seule, sur une chaise longue, dans une petite chambre toute simple, garnie d'un lit banal en acajou, aux murs tendus de toile de Jouy, et éclairée par une lampe posée sur le marbre d'une vieille commode « Louis-Philippe ». Quel était ce décor nouveau ?... Je me passai la main sur le front, comme pour chasser un mauvais songe... Hélas ! je ne fus pas longtemps à m'apercevoir que je n'avais pas rêvé ! J'étais prisonnière et je ne pouvais sortir de ma chambre que pour entrer dans une salle de bains des plus confortables ; eau chaude et eau froide à volonté. En revenant dans ma chambre, j'aperçus sur ma commode un billet à l'encre rouge qui me renseigna tout à fait sur ma triste situation et qui, si cela avait été encore nécessaire, eût enlevé tous mes doutes sur la réalité des événements : « Ma chère Christine, disait le papier, soyez tout à fait rassurée sur votre sort. Vous n'avez point au monde de meilleur, ni de plus respectueux ami que moi. Vous êtes seule, en ce moment, dans cette demeure qui vous appartient. Je sors pour courir les magasins et vous rapporter tout le linge dont vous pouvez avoir besoin. »

« Décidément ! m'écriai-je, je suis tombée entre les mains d'un fou ! Que vais-je devenir ? Et combien de temps ce misérable pense-t-il donc me tenir enfermée dans sa prison souterraine ?

Je courus dans mon petit appartement comme une insensée, cherchant toujours une issue que je ne trouvai point. Je m'accusais amèrement de ma stupide superstition et je pris un plaisir affreux à railler la parfaite innocence avec laquelle j'avais accueilli, à travers les murs, la voix du génie de la musique... Quand on était aussi sotte, il fallait s'attendre aux plus inouïes catastrophes et on les avait méritées toutes ! J'avais envie de me frapper et je me mis à rire de moi et à pleurer sur moi, en même temps. C'est dans cet état qu'Erik me trouva.

Après avoir frappé trois petits coups secs dans le mur, il entra tranquillement par une porte que je n'avais pas su découvrir et qu'il laissa ouverte. Il était chargé de cartons et de paquets et il les déposa sans hâte sur mon lit, pendant que je l'abreuvais d'outrages et que je le sommais d'enlever ce masque, s'il avait la prétention d'y dissimuler un visage d'honnête homme.

Il me répondit avec une grande sérénité :

« Vous ne verrez jamais le visage d'Erik. »

Et il me fit reproche que je n'avais encore point fait ma toilette à cette heure du jour ; — il daigna m'instruire qu'il était deux heures de l'après-midi. Il me laissait une demi-heure pour y procéder, — disant cela, il prenait soin de remonter ma montre et de la mettre à l'heure. — Après quoi, il m'invitait à passer dans la salle à manger, où un excellent déjeuner, m'annonça-t-il, nous attendait. J'avais grand faim, je lui jetai la porte au nez et entrai dans le cabinet de toilette. Je pris un bain après avoir placé près de moi une magnifique paire de ciseaux avec laquelle j'étais bien décidée à me donner la mort, si Erik, après s'être conduit comme un fou, cessait de se conduire comme un honnête homme. La fraîcheur de l'eau me fit le plus grand bien et, quand je réapparus devant Erik, j'avais pris la sage résolution de ne le point heurter ni froisser en quoi que ce fût, de le flatter au besoin pour en obtenir une prompte liberté. Ce fut lui, le premier, qui me parla de ses projets sur moi, et me les précisa, pour me rassurer, disait-il. Il se plaisait trop en ma compagnie pour s'en priver sur-le-champ comme il y avait un moment consenti la veille, devant l'expression indignée de mon effroi. Je devais comprendre maintenant, que je n'avais point lieu d'être épouvantée de le voir à mes côtés. Il m'aimait, mais il ne me le dirait qu'autant que je le lui permettrais et le reste du temps se passerait en musique.

« Qu'entendez-vous par le reste du temps? » lui demandai-je.

Il me répondit avec fermeté :

« Cinq jours. »

— Et après, je serai libre ?

— Vous serez libre, Christine, car, ces cinq jours-là écoulés, vous aurez appris à ne plus me craindre, et alors vous reviendrez voir, de temps en temps, le pauvre Erik !... »

Le ton dont il prononça ces derniers mots me remua profondément. Il me sembla y découvrir un si réel, un si pitoyable désespoir que je levai sur le masque un visage attendri. Je ne pouvais voir les yeux derrière le masque et ceci n'était point pour diminuer l'étrange sentiment de malaise que l'on avait à interroger ce mystérieux carré de soie noire ; mais sous l'étoffe, à l'extrémité de la barbe du masque, apparurent une, deux, trois, quatre larmes.

Silencieusement, il me désigna une place en face de lui, à un petit guéridon qui occupait le centre de la pièce où, la veille, il m'avait joué de la harpe, et je m'assis, très troublée. Je mangeai cependant de bon appétit quelques écrevisses, une aide de poulet arrosée d'un peu de vin de Tokay qu'il avait apporté lui-même, me disait-il, des caves de Kœnigsberg, fréquentées autrefois par Falstaff. Quant à lui, il ne mangeait pas, il ne buvait pas. Je lui demandai quelle était sa nationalité, et si ce nom d'Erik ne décelait pas une origine scandinave. Il me répondit qu'il n'avait ni nom, ni patrie, et qu'il avait pris le nom d'Erik *par hasard*. Je lui demandai pourquoi, puisqu'il m'aimait, il n'avait point trouvé d'autre moyen de me le faire savoir que de m'entraîner avec lui et de m'enfermer dans la terre !

« C'est bien difficile, dis-je, de se faire aimer dans un tombeau. »

— On a, répondit-il, sur un ton singulier, les « rendez-vous » qu'on peut. »

Puis il se leva et me tendit les doigts, car il voulait, disait-il, me faire les honneurs de son appartement, mais je retirai vivement ma main de la sienne en poussant un cri. Ce que j'avais touché là était à la fois moite et osseux, et je me rappelai que ses mains sentaient la mort.

« Oh ! pardon », gémit-il.

Et il ouvrit devant moi une porte.

« Voici ma chambre, fit-il. Elle est assez curieuse à visiter... si vous voulez la voir ? »

Je n'hésitai pas. Ses manières, ses paroles, tout son air me disaient d'avoir confiance... et puis, je sentais qu'il ne fallait pas avoir peur.

J'entrai. Il me sembla que je pénétrai dans une chambre mortuaire. Les murs en étaient tout tendus de noir, mais à la place des larmes blanches qui complètent à l'ordinaire ce funèbre ornement, on voyait sur une énorme portée de musique les notes répétées du *Dies iræ*. Au milieu de cette chambre, il y avait un dais où pendaient des rideaux de brocatelle rouge, et, sous ce dais, un cercueil ouvert.

A cette vue, je reculai. « C'est là dedans que je dors, fit Erik. Il faut s'habituer à tout dans la vie, même à l'éternité. »

Je détournai la tête, tant j'avais reçu une sinistre impression de ce spectacle. Mes yeux rencontrèrent alors le clavier d'un orgue qui tenait tout un pan de la muraille. Sur le pupitre était un cahier, tout barbouillé de notes rouges. Je demandai la permission de le regarder et je lus à la première page : *Don Juan triomphant.*

« Oui, me dit-il, je compose quelquefois. Voilà vingt ans que j'ai commencé ce travail. Quand il sera fini, je l'emporterai avec moi, dans ce cercueil et je ne me réveillerai plus.

— Il faut y travailler le moins souvent possible, fis-je.

— J'y travaille quelquefois quinze jours et quinze nuits de suite, pendant lesquels je ne vis que de musique, et puis je me repose des années.

— Voulez-vous me jouer quelque chose de votre *Don Juan triomphant ?* demandai-je, croyant lui faire plaisir et en surmontant la répugnance que j'avais à rester dans cette chambre de la mort.

— Ne me demandez jamais cela, répondit-il d'une voix sombre. Ce *Don Juan*-là n'a pas été écrit sur les paroles d'un Lorenzo d'Aponte, inspiré par le vin, les petites amours et le vice, finalement châtié de Dieu. Je vous jouerai Mozart si vous voulez, qui fera couler vos belles larmes et vous inspirera d'honnêtes réflexions. Mais, mon *Don Juan*, à moi brûle, Christine, et, cependant, il n'est point foudroyé par le feu du ciel !... »

Là-dessus, nous rentrâmes dans le salon que nous venions de quitter. Je remarquai que nulle part, dans cet appartement, il n'y avait de glaces. J'allais en faire la réflexion, mais Erik venait de s'asseoir au piano. Il me disait :

« Voyez-vous, Christine, il y a une musique si terrible qu'elle consume tous ceux qui l'approchent. Vous n'en êtes pas encore à cette musique-là, heureusement, car vous perdriez vos fraîches couleurs et l'on ne vous reconnaîtrait plus à votre retour à Paris. Chantons l'Opéra, Christine Daaé. »

Il me dit :

« Chantons l'Opéra, Christine Daaé, comme s'il me jetait une injure. »

Mais je n'eus pas le temps de m'appesantir sur l'air qu'il avait donné à ses paroles. Nous commençâmes tout de suite le duo d'*Othello*, et déjà la catastrophe était sur nos têtes. Cette fois, il m'avait laissé le rôle de Desdémone, que je chantai avec un désespoir, un effroi réels auxquels je n'avais jamais atteint jusqu'à ce jour. Le voisinage d'un pareil partenaire, au lieu de m'annihiler, m'inspirait une terreur magnifique. Les événements dont j'étais la victime me rapprochaient singulièrement de la pensée du poète et je trouvai des accents dont le musicien eût été ébloui. Quant à lui, sa voix était tonnante, son âme vindicative se portait sur chaque son, et en augmentait terriblement la puissance. L'amour, la jalousie, la haine éclataient autour de nous en cris déchirants. Le masque noir d'Erik me faisait songer au masque naturel du More de Venise. Il était Othello lui-même. Je crus qu'il allait me frapper, que j'allais tomber sous ses coups ;... et cependant, je ne faisais aucun mouvement pour le fuir, pour éviter sa fureur comme la timide Desdémone. Au contraire, je me rapprochai de lui, attirée, fascinée, trouvant des charmes à la mort au centre d'une pareille passion ; mais, avant de mourir, je voulus connaître, pour en emporter l'image sublime dans mon dernier regard, ces traits inconnus que devait transfigurer le feu de l'art éternel. Je voulus voir le *visage de la Voix* et, instinctivement, par un geste dont je ne fus point la maîtresse, car je ne me possédais plus, mes doigts rapides arrachèrent le masque...

Oh ! horreur !... horreur !... horreur !... »

Christine s'arrêta, à cette vision qu'elle semblait encore écarter de ses deux mains tremblantes, cependant que les échos de la nuit, comme ils avaient répété le nom d'Erik, répétaient trois fois la clameur : « Horreur ! horreur ! horreur ! » Raoul et Christine, plus étroitement unis encore par la terreur du récit, levèrent les yeux vers les étoiles qui brillaient dans un ciel paisible et pur.

Raoul dit :

« C'est étrange, Christine, comme cette nuit si douce et si calme est pleine de gémissements. On dirait qu'elle se lamente avec nous ! »

Elle lui répond :

« Maintenant que vous allez connaître le secret, vos oreilles, comme les miennes, vont être pleines de lamentations. »

Elle emprisonne les mains protectrices de Raoul dans les siennes et, secouée d'un long frémissement, elle continue :

« Oh ! oui, vivrais-je cent ans, j'entendrais toujours la clameur surhumaine qu'il poussa, le cri de sa douleur et de sa rage infernales, pendant que la chose apparaissait à mes yeux immenses d'horreur, comme ma bouche qui ne se refermait pas et qui, cependant ne criait plus.

Oh ! Raoul, la chose ! comment ne plus voir la chose ! Si mes oreilles sont à jamais pleines de ses cris, mes yeux sont à jamais hantés de son visage ! Quelle image ! Comment ne plus la voir et comment vous la faire voir ?... Raoul, vous avez vu les têtes de mort quand elles ont été desséchées par les siècles et peut-être, si vous n'avez pas été victime d'un affreux cauchemar, avez-vous vu sa tête de mort à lui, dans la nuit de Perros. Encore avez-vous vu se promener, au dernier bal masqué, « la Mort Rouge » ! Mais toutes ces têtes de mort-là étaient immobiles, et leur muette horreur ne vivait pas ! Mais imaginez, si vous le pouvez, le masque de la Mort se mettant à vivre tout à coup pour exprimer avec les quatre trous noirs de ses yeux, de son nez et de sa bouche, la colère à son dernier degré, la fureur souveraine d'un démon, *et pas de regard dans les trous des yeux*, car, comme je l'ai su plus tard, on n'aperçoit jamais ses yeux de braise que dans la nuit profonde... Je devais être, collée contre le mur, l'image même de l'Epouvante comme il était celle de la Hideur.

Alors, il approcha de moi le grincement affreux de ses dents sans lèvres et, pendant que je tombais sur mes genoux, il me siffla haineusement des choses insensées, des mots sans suite, des malédictions, du délire... Est-ce que je sais !... Est-ce que je sais ?...

Penché sur moi : « Regarde, s'écriait-il ! Tu as voulu voir ! Vois ! Repais tes yeux, saoûle ton âme de ma laideur maudite ! Regarde le visage d'Erik ! Maintenant, tu connais le visage de la Voix ! Cela ne te suffisait pas, dis, de m'entendre ? Tu as voulu savoir comment j'étais fait. Vous êtes si curieuses, vous autres, les femmes ! »

Et il se prenait à rire en répétant : « Vous êtes si curieuses, vous autres, les femmes !... » d'un rire grondant, rauque, écumant, formidable... Il disait encore des choses comme celles-ci :

« Es-tu satisfaite ? Je suis beau, hein ?... Quand une femme m'a vu, comme toi, elle est à moi. Elle m'aime pour toujours ! Moi, je suis un type dans le genre de don Juan. »

Et, se dressant de toute sa taille, le poing sur la hanche, dandinant sur ses épaules la chose hideuse qui était sa tête, il tonnait :

« Regarde-moi ! *Je suis Don Juan triomphant !* »

Et comme je détournais la tête en demandant grâce, il la ramena vers lui, ma tête, brutalement, par mes cheveux, dans lesquels ses doigts de mort étaient entrés.

« Assez ! Assez ! interrompit Raoul ! je le tuerai ! je le tuerai ! Au nom du ciel, Christine, dis-moi où se trouve la *salle à manger du lac !* Il faut que je le tue !

— Eh ! tais-toi donc, Raoul, si tu veux savoir !

— Ah oui, je veux savoir comment et pourquoi tu y retournais ! C'est cela, le secret, Christine, prends garde ! il n'y en a pas d'autre ! Mais, de toute façon, je le tuerai !

— Oh ! mon Raoul ! écoute donc ! puisque tu veux savoir, écoute ! Il me traînait par les cheveux, et alors... et alors... Oh ! cela est plus horrible encore !

— Eh bien, dis, maintenant !... s'exclama Raoul, farouche ! Dis vite !

— Alors, il me siffla : « Quoi ? je te fais peur ? C'est possible !... Tu crois peut-être que j'ai encore un masque, hein ? et que ça... ça ! ma tête, c'est un masque ? Eh bien, mais ! se prit-il à hurler. Arrache-le comme l'autre ! Allons ! allons ! encore ! encore ! je le veux ! Tes mains ! Tes mains !... Donne tes mains !... si elles ne te suffisent pas, je te prêterai les miennes... et nous nous y mettrons à deux pour arracher le masque. » Je me roulai à ses pieds, mais il me saisit les mains, Raoul... et il les enfonça dans l'horreur de sa face... Avec mes ongles, il se laboura les chairs, ses horribles chairs mortes !

« Apprends ! apprends ! clamait-il du fond de sa gorge qui soufflait comme une forge... apprends que je suis fait entièrement avec de la mort !... de la tête aux pieds !... et que c'est un cadavre qui t'aime, qui t'adore et qui ne te quittera plus jamais ! jamais !... Je vais faire agrandir le cercueil, Christine, pour plus tard, quand nous serons au bout de nos amours !... Tiens ! je ne ris plus, tu vois, je pleure... je pleure sur toi, Christine, qui m'as arraché le masque, et qui, à cause de cela, ne pourra plus me quitter jamais !... Tant que tu pouvais me croire beau, Christine, tu pouvais revenir !... je sais que tu serais revenue... mais maintenant que tu connais ma hideur, tu t'enfuirais pour toujours... Je te garde !!! Aussi, pourquoi as-tu voulu me voir ? Insensée ! folle Christine, qui as voulu me voir !... Quand mon père, lui, ne m'a jamais vu, et quand ma mère, pour ne plus me voir, m'a fait cadeau en pleurant de mon premier masque ! »

Il m'avait enfin lâchée et il se traînait maintenant sur le parquet avec des hoquets affreux. Et puis, comme un reptile, il rampa, se traîna hors de la pièce, pénétra dans sa chambre, dont la porte se referma, et je restai seule, livrée à mon horreur et à mes réflexions, mais débarrassée de la vision de la chose. Un prodigieux silence, le silence de la tombe, avait succédé à cette tempête et je pus réfléchir aux conséquences terribles du geste qui avait arraché le masque. Les dernières paroles du Monstre m'avaient suffisamment renseignée. Je m'étais moi-même emprisonnée pour toujours et ma curiosité allait être la cause de tous mes malheurs. Il m'avait suffisamment avertie... Il m'avait répété que je ne courais aucun danger tant que je ne toucherais pas au masque, et j'y avais touché. Je maudis mon imprudence, mais je constatai en frissonnant que le raisonnement du monstre était logique. Oui, je serais revenue si je n'avais pas vu son visage... Déjà il m'avait suffisamment touchée, intéressée, apitoyée même par ses larmes masquées, pour que je ne restasse point insensible à sa prière. Enfin, je n'étais pas une ingrate, je ne pouvais oublier qu'il était la Voix et qu'il m'avait réchauffée de son génie. Je serais revenue ! Et maintenant, sortie de ces catacombes, je ne reviendrais certes. pas ! On ne revient pas s'enfermer dans un tombeau avec un cadavre qui **vous aime !**

A certaines façons forcenées qu'il avait eues, pendant la scène, de me regarder ou plutôt d'approcher de moi les deux trous noirs de son regard invisible, j'avais pu mesurer la sauvagerie de sa passion. Pour ne m'avoir point prise dans ses bras, alors que je ne pouvais lui offrir aucune résistance, il avait fallu que ce monstre fût doublé d'un ange et peut-être, après tout, l'était-il un peu, l'Ange de la musique, et peut-être l'eût-il été tout à fait si Dieu l'avait vêtu de beauté au lieu de l'habiller de pourriture !

Déjà, égarée à la pensée du sort qui m'était réservé, en proie à la terreur de voir se rouvrir la porte de la chambre au cercueil, et de revoir la figure du monstre sans masque, je m'étais glissée dans mon propre appartement et je m'étais emparée des ciseaux, qui pouvaient mettre un terme à mon épouvantable destinée... quand les sons de l'orgue se firent entendre...

C'est alors, mon ami, que je commençai de comprendre les paroles d'Erik sur ce qu'il appelait, avec un mépris qui m'avait stupéfiée : la musique d'Opéra. Ce que j'entendais n'avait plus rien à faire avec ce qui m'avait charmée jusqu'à ce jour. Son *Don Juan triomphant*, (car il ne faisait point de doute pour moi qu'il ne se fût rué à son chef-d'œuvre pour oublier l'horreur de la minute présente), son *Don Juan triomphant* ne me parut d'abord qu'un long, affreux et magnifique sanglot où le pauvre Erik avait mis toute sa misère maudite.

Je revoyais le cahier aux notes rouges et j'imaginais facilement que cette musique avait été écrite avec du sang. Elle me promenait dans tout le détail du martyre ; elle me faisait entrer dans tous les coins de l'abîme, l'abîme habité par *l'homme laid ;* elle me montrait Erik heurtant atrocement sa pauvre hideuse tête aux parois funèbres de cet enfer, et y fuyant, pour ne les point épouvanter, les regards des hommes. J'assistai, anéantie, pantelante, pitoyable et vaincue à l'éclosion de ces accords gigantesques où était divinisée la *Douleur* et puis les sons qui montaient de l'abîme se groupèrent tout à coup en un vol prodigieux et menaçant, leur troupe tournoyante sembla escalader le ciel comme l'aigle monte au soleil, et une telle symphonie triomphale parut embraser le monde que je compris que l'œuvre était enfin accomplie et que la Laideur, soulevée sur les ailes de l'Amour, avait osé regarder en face la Beauté ! J'étais comme ivre ; la porte qui me séparait d'Erik céda sous mes efforts. Il s'était levé en m'entendant, *mais il n'osa se retourner.*

« Erik, m'écriai-je, montrez-moi votre visage, sans terreur. Je vous jure que vous êtes le plus douloureux et le plus sublime des hommes, et si Christine Daaé frissonne désormais en vous regardant, c'est qu'elle songera à la splendeur de votre génie ! »

Alors Erik se retourna, car il me crut, et moi aussi, hélas !... j'avais foi en moi... Il leva vers le Destin ses mains décharnées, et tomba à mes genoux avec des mots d'amour...

... Avec des mots d'amour dans sa bouche de mort... et la musique s'était tue...

Il embrassait le bas de ma robe ; il ne vit point que je fermais les yeux.

Que vous dirai-je encore, mon ami ? Vous connaissez maintenant le drame... Pendant quinze jours, il se renouvela... quinze jours pendant lesquels je lui mentis. Mon mensonge fut aussi affreux que le monstre qui me l'inspirait, et à ce prix j'ai pu acquérir ma liberté. Je brûlai son masque. Et je fis si bien que, même lorsqu'il ne chantait plus, il osait quêter un de mes regards, comme un chien timide qui rôde autour de son maître. Il était ainsi, autour de moi, comme un esclave fidèle, et m'entourait de mille soins. Peu à peu, je lui inspirai une telle confiance, qu'il osa me promener aux rives du *Lac Averne* et me conduire en barque sur ses eaux de plomb ; dans les derniers jours de ma captivité, il me faisait, de nuit, franchir la grille qui ferme les souterrains de la rue Scribe. Là, un équipage nous attendait, et nous emportait vers les solitudes du Bois.

La nuit où nous vous rencontrâmes faillit m'être tragique, car il a une jalousie terrible de vous, que je n'ai combattue qu'en lui affirmant votre prochain départ... Enfin, après quinze jours de cette abominable captivité où je fus tour à tour brûlée de pitié, d'enthousiasme, de désespoir et d'horreur, il me crut quand je lui dis : *je reviendrai !*

— Et vous êtes revenue, Christine, gémit Raoul.

— C'est vrai, ami, et je dois dire que ce ne sont point les épouvantables menaces dont il accompagna ma mise en liberté qui m'aidèrent à tenir ma parole ; mais le sanglot déchirant qu'il poussa sur le seuil de son tombeau !

Oui, ce sanglot-là, répéta Christine, en secouant douloureusement la tête, m'enchaîna au malheureux plus que je ne le supposai moi-même dans le moment des adieux. Pauvre Erik ! Pauvre Erik !

— Christine, fit Raoul en se levant, vous dites que vous m'aimez, mais quelques heures à peine s'étaient écoulées, depuis que vous aviez recouvré votre liberté, que déjà vous retourniez auprès d'Erik !... Rappelez-vous le bal masqué !

— Les choses étaient entendues ainsi.. rappelez-vous aussi que ces quelques heures-là, je les ai passées avec vous, Raoul... pour notre grand péril à tous les deux...

— Pendant ces quelques heures-là, j'ai douté que vous m'aimiez.

— En doutez-vous encore, Raoul ?... Apprenez alors que chacun de mes voyages auprès d'Erik a augmenté mon horreur pour lui, car chacun de ces voyages, au lieu de l'apaiser comme je l'espérais, l'a rendu fou d'amour !... et j'ai peur ! et j'ai peur !... j'ai peur !...

— Vous avez peur... mais m'aimez-vous ?... Si Erik était beau, m'aimeriez-vous Christine ?

— Malheureux pourquoi tenter le destin ?... Pourquoi me demander des choses que je cache au fond de ma conscience comme on cache le péché ? »

Elle se leva à son tour, entoura la tête du jeune homme de ses beaux bras tremblants et lui dit :

« O mon fiancé d'un jour, si je ne vous aimais pas, je ne vous donnerais pas mes lèvres. Pour la première et la dernière fois, les voici. »

Il les prit, mais la nuit qui les entourait eut un tel déchirement, qu'ils s'enfuirent comme à l'approche d'une tempête, et leurs yeux, où habitait l'épouvante d'Erik, leur montra, avant qu'ils ne disparurent dans la forêt des combles, tout là-haut, au-dessus d'eux, un immense oiseau de nuit qui les regardait de ses yeux de braise, et qui semblait accroché aux cordes de la lyre d'Apollon !

IMP. TÉQUI, 3 BIS, RUE DE LA SABLIÈRE, PARIS-XIV° — 397-1-1928

ŒUVRES DE GASTON LEROUX

LA POUPÉE SANGLANTE

Rien de plus poignant, de plus captivant que la formidable et tragique aventure que nous conte GASTON LEROUX dans **"La Poupée Sanglante"**. C'est un véritable drame qui, de page en page, étreint le lecteur d'une anxiété nouvelle et d'une angoisse de plus en plus frissonnante, sans jamais lui laisser deviner un seul instant le dénouement.

Un volume in-16 broché. Prix **6.75**

LA MACHINE A ASSASSINER

Séduisante comme les plus célèbres romans populaires, l'œuvre de GASTON LEROUX ne cesse jamais d'être littéraire et révèle à chaque instant le maître conteur dont l'imagination nous procure de sensationnelles surprises.

Pas un lecteur ouvrant **" La Machine à Assassiner "** à la première page, n'aura le courage de s'en arracher avant d'avoir "dévoré" la dernière.

Un volume in-16 broché. Prix **6.75**

LES TÉNÉBREUSES
I. La Fin d'un Monde — II. Du Sang sur la Néva

Dans **" Les Ténébreuses "**, l'intrigue romanesque se combine avec le récit sensationnel des événements que l'envoyé des grands journaux parisiens a observés sur les bords de la Néva, à l'époque où le sang tachait les glaçons du fleuve, au moment où dans les palais impériaux se déroulaient des cérémonies monstrueuses et funèbres.

Reportage romanesque ou roman pur, cette œuvre étreint le lecteur d'une émotion poignante.

Deux volumes in-16. Prix de chaque volume broché. . . . . **7** fr

www.ingramcontent.com/pod-product-compliance
Lightning Source LLC
LaVergne TN
LVHW020841200726
843508LV00003B/1031